沢里裕二

処女刑事

性活安全課vs世界犯罪連合

実業之日本社

目次

主な登場人物

吉丘里奈（きちおかりな）……警視庁警備部警護課所属。元水泳の飛び込み選手

明田真子（あけたまこ）……警視庁警備部警護課課長

石戸ゆり子（いしどゆりこ）……スポーツ庁副長官。元棒高跳び選手

渡部淳史（わたべあつし）……元衆議院議員秘書。現在は、石戸の秘書

〈性活安全課〉

真木洋子（まきひろこ）……性活安全課課長。キャリア

松重豊幸（まつしげとよゆき）……新宿七分署・組織犯罪対策課出身のベテラン刑事

上原亜矢（うえはらあや）……新宿七分署・生活安全課出身の元万引き担当

小栗順平（おぐりじゅんぺい）……新宿七分署出身のＩＴ担当捜査官

岡崎雄三（おかざきゆうぞう）……警視庁公安部外事課からの出向。キャリア

相川将太（あいかわしょうた）……新宿七分署・地域課出身。元交番勤務

新垣唯子（あらがきゆいこ）……新宿七分署・庶務課出身

朝野波留（あさのはる）……大阪の浪花八分署出身。元ミニパトガール

石黒里美（いしぐろさとみ）……神奈川県警広報課出身。元タレント

指原茉莉（さしはらまり）……北海道のススキノ南署に籍を置く元フリーカメラマン

第一章　ふたつの勘違い

1

赤坂見附の交差点を右折した瞬間、後部座席から突然、ソプラノの声が響いてきた。十一月の下旬だった。

「ねぇ……都庁じゃなくて、ニューオータニでお昼にしない？」

――ちょっと待って、嘘でしょう。

助手席に座る吉丘里奈は、あわてて後部シートを振り返り、身を乗り出して伝えた。

「副長官、都庁に到着するまで予定変更は困ります。移動中は私しか警護官がついておりませんので」

「平気よ」

背もたれに華奢な身体を沈めたまま、石戸ゆり子が上唇を舐めた。妙に色っぽい仕草だ。濃緑色のスカートスーツがよく似合っている。

ゆり子は、今年で五十歳になるはずだが、その美貌と均整の取れた体形は、四十代前半にしか見えない。いや、三十代後半でも通るかもしれない。マスコミも石戸ゆり子のことを『理想のアラフィフ女性』と称賛している。元女子棒高跳び選手であり、現スポーツ庁副長官だ。

「渡部さん、時間に余裕はあるのでしょう」

ゆり子は里奈の進言を無視するかのように、真隣に座る秘書官に聞いている。渡部淳史、六十歳。元衆議院議員秘書だ。

「小谷都知事との会談は午後一時十五分からです。十分間に合います」

銀髪に黒ぶち眼鏡をかけた渡部が、腕時計を眺めながら答えた。里奈も時計を確認した。たしかに時刻はまだ正午前だ。

「だったら、お寿司でも食べておきたいわ。知事は、手ぐすね引いているでしょうからね」

ゆり子の双眸は、秘書の渡部だけに向けられている。

里奈は割って入った。

「しかし、ランチは都庁の職員食堂ですると……」

振り向いたままタブレットを掲げ、画面にある日程表を示して伝える。

「ニューオータニにやってくれ」

渡部が運転手にそう伝えた。完ムシだ。

「ちょっと待ってください。霞が関から都庁までの移動経路は警視庁に一任されています」

里奈は刑事電話を手に取りながら、声を尖らせた。

「都庁に到着してしまったら、都議や都庁職員が、ひっきりなしにあいさつにやってくる。それを断ってランチなどしていたら非礼になるではないか。職員食堂でランチをするというのは、あくまでも表向きのスケジュールだ。副長官には、ホテルで昼食をとっていただく」

車はすでに紀伊国坂の交差点を右折しホテルニューオータニの本館へと向かっていた。

「それなら最初から、警視庁の上にもきちんと伝えてくださいよ。聞いていたら、警護官は四名になったはずです」

里奈は渡部を睨みつけた。

「鈴田長官ですら日頃はSPなどついていないんだぞ。民間登用の副長官が後続車輛までつけて都庁入りしたら、何を勘違いしていると反発を買うだけだ。少しはこっちの立場もわかってくれよ。脅迫電話なんて、どうせ悪戯なんだからさ」

渡部にまくし立てられた。

「警護の要請をしたのはそちらです」

里奈は、ぶっきらぼうに答えた。

警視庁では、法律の定めにより内閣総理大臣、衆議院議長、参議院議長、国賓には、要請がなくてもSPをつけているが、そのほかの要人に関しては、原則として要請に基づいて警護に当たっている。

国務大臣、駐日大使など外国要人、東京都知事などすべて要請による警護である。国会議員や事務次官などには、特別な事情がない限り、SPをつけることはしない。

今回は、スポーツ庁からの要請にこたえる形で里奈が任務にあたっている。

二日前にスポーツ庁に数本の脅迫電話があったためだ。

『東京オリンピックのマラソンを札幌から東京開催に戻さなければ、石戸ゆり子副長官に危害を加える』

そんな内容だった。

刑事部の大方の見解は劇場型犯罪を好む者の悪戯であろうということであった。根拠としては石戸ゆり子には棒高跳び選手時代から、そうした嫌がらせが数多くあったからだ。

競技用のハイレグパンツ姿で大空高く舞うゆり子を撮影しようと多くのファンが競技場に詰めかけていた時代もあった。ほとんどのファンが、彼女の股間にピントを合わせていたのだ。

二十五年ほど前のことである。

スポーツ庁も悪戯と判断していたが、念のためにということで、警視庁に要請している。

そこで、警備部警護課特務係の里奈が当たることになった。特務係は遊軍部隊である。

警護一係から四係までの警護官はそれぞれ常態的に警護を担当する対象（マルタイ）を持っている。例えば一係は内閣総理大臣で二係は国務大臣などだ。

今回は、常態警護を要さないワンポイントリリーフ的な要素が強いので特務係に回されてきた。特務係は、稀（まれ）に民間人を担当する場合もある。国民的な存在であるスポーツ選手や文化人などが、脅迫などを受けた場合だ。拳銃所持が出来ない民間会社に代わって、警視庁が請け負うケースもあるというわけだ。

右手に、ホテルニューオータニが現れる。車寄せに向かうために公用車は、広大な駐車場を大きく回り込み始めた。

渡部はまだ苦々しい顔している。

「確かに要請はしたが、警備部長には、あくまでソフト警備と一言付け加えておいたはずだ。逆にいえば、予定としてホテルでの昼食は公表されていないんだから安心じゃないか。ここに立ち寄るのを誰も知らないんだから、暴漢なんて来ないさ」

「私の任務は、決して楽観しないことです」

里奈は急ぎ警護課特務係主任の岡田准司に、刑事電話で予定の変更を伝えた。

岡田からすぐに、応援二名を派遣するという返事が入った。しかし桜田門から急遽追加派遣されても、もっとも危険な降車時には間に合わない。

「降車の際は、私が周囲を点検してからお声をかけますから、それまでお待ちください」

里奈は、渡部を睨みながら言った。

するとゆり子がはじめて、里奈の方に向き直った。穏やかな表情で口を開く。

「吉丘さん、お立場はわかりますが、それほど神経質にならないでください。私は現役選手時代から、エッチなアングルばかり狙うカメラマンたちや、ライバル選手のサポーターからの嫌がらせなどにも慣れています。たいがいなことは平気ですよ」

「いえ、個人的なご事情だけであれば、警視庁はSPを派遣したりしません。今回は、オリンピックのマラソン開催地変更という、複雑な都民感情が関わっている事案と判断したので、私たちが警護に入っているんです」

里奈は、ゆり子に対しても一歩も引かなかった。

ひとつ助かったのは、このホテルは永田町（ながたちょう）に近く、政府要人がよく利用するので、SPとしては、熟知しているということだ。

「でも、今回の脅迫状は、マラソンの札幌開催反対の立場の方が、世間の注目を再度集めたいということで、とくに、私自身に恨みがあるとは思えないんです。だから平気ですよ。吉丘さんも、一緒にお寿司のランチにしましょうよ」

言いながら、脚を組みなおした。ちらりと股間が見えた。里奈はドキリとした。

――あれれ、副長官は、下着をつけていない？

それに、スカートの左脇ファスナーがすっかり最下部まで下りている。腰骨のあたりの生肌が覗いていた。

スカートの裾から見える脚はナチュラルカラーのストッキングに包まれているのだが、パンストではないということだ。

視線を隣席に移すと、秘書の渡部が右手で、自分の顎を撫でていた。

――その手、怪しくないか？

里奈は、渡部の目をじっと見つめた。

「おいおい、そんな怖い顔をしたら、一発で女性警察官だとわかっちまうよ」

「あからさまにわからせるのも、威嚇警護の手法です」

車がちょうど正面エントランスに到着した。

ポーターが、すぐに歩み寄ってきて、後部扉のノブに手をかけた。里奈はただちに、助手席から飛び出した。

「ドアを開けるの待ってください」

ポーターに伝え、里奈は左右を見渡した。ポーターは、里奈の襟章を見てすぐに納得した顔になった。

黒のパンツスーツの胸襟には、銀色のＳＰのバッジをつけている。私服警官で所属部門のバッジをつけているのは、捜査一課の刑事と警護刑事だけだ。ソーイチが赤に金文字でSISのマーク。警護刑事は文字通り『SP』であるが色は定期的に変わる。偽造防止のためだ。里奈は現在銀色をつけていた。

エントランスの内部に入った。右手にダイニングレストラン、左手にフロントへと続く通路がある。正面はホテル名が記された壁だ。

いくらSPでも、一瞬見渡しただけで怪しい人間がいるかどうかなど、わかるわけでもない。

大切なのは、動線の確認だ。

寿司店は、右手のレストランの脇道を抜けたところにある。里奈は一度、その店の前まで歩いてみた。

和服姿の仲居が、暖簾（のれん）のしたから出てきて言う。

「お客様、ご予約でしょうか？」

「いいえ」

「おそれいります。ただいまの時間は、ご予約で満席になっておりまして」

仲居がすまなさそうに言う。里奈は車寄せに取って返した。走る。

エントランスまで戻ると、そこにはすでにゆり子と渡部が、やって来ていた。この瞬間に襲われたら、アウトだった。

怒りがこみ上げてきたが、警護対象者に怒鳴るわけにもいかない。里奈はぐっとこらえて、秘書の渡部に伝えた。

「お寿司屋さんは、満席だそうです」

必然的に、ダイニングレストランになると思った。その思いを渡部にあっさりひっくり返された。

「いま、ガーデンタワー側の寿司店を予約したところだ。同じ店が向こうにもある」

「えっ」

里奈は唇を嚙んだ。このホテルはザ・メインと呼ばれる本館と後に出来たガーデンタワー、さらにはニューオータニ美術館などがあるガーデンコートの三棟から成り立っている。このメインとガーデン二棟をつなぐ通路は長い。高級店が並ぶこの通りは、プライベートで来たのならそれは楽しいだろう。ウインドウの品物を眺めているだけでもリッチな気分になれる

だが、警護となると話は別だ。これは往来を歩くのとさして変わらない。二名体制でなければ、視線が行き届かない。

まいった。

「行きましょうよ」

里奈の胸底での嘆きをよそに、ゆり子は歩き出してしまった。その後ろ姿を見て。なんという形の良いヒップだろうと見とれてしまった。慌てて視線を渡部に戻す。

「渡部さん、前方から来る人に注意を払ってください。私は後方につきます」

訓練を受けているＳＰの方が後方に気を配る術（すべ）を心得ている。

「わかった、わかった」

渡部が面倒くさそうに頷（うなず）き、すぐにゆり子の後を追い並んだ。

里奈はふたりの背後を守るべく、続いた。

背中に気を配り、ふたりの姿越しに前方にも目を配る。緊張した。帰るころには、応援要員が到着しているはずなので、ここを護（まも）り切れば、一安心だ。

「ねぇ、吉丘さんは何かスポーツをやっていたの？」

ゆり子が振り返りながら聞いてきた。

ちょうどメインとガーデンの中間地点。右手に日本庭園を望むカフェテラスに差し掛かったところだ。

「警察官なんだから、柔道、剣道は相当な腕前だろう」

渡部も振り向いた。

こんなところで警察官という単語は出さないで欲しい。それにふたり揃って振り向かないでもらいたい。里奈は前後左右に気を配りながら答えた。

「体育大学で水泳を専攻していました……」

ですが競泳ではありません、と続けようとして、言葉を切った。

前方から向かってくる欧米系の女の目が血走っているように見えたからだ。金髪の白人だった。十一月も下旬だというのに、ノースリーブの真っ赤なワンピースを着ていた。ワンピースの丈は短い。真っ白くよく引き締まった太腿が、ほとんど付け根まで見えていた。

里奈は凝視した。

さらに女の背後からアフリカ系の男がふたり歩いてきているのが見えた。どちらもスキンヘッドで濃紺の仕立てのよさそうなスーツを着ていた。ウィル・スミスがふたり。そんな感じだが、このふたりからも殺気が漂っていた。

「副長官、止まってください」

ゆり子の腕を摑み左側に寄せた。有名チョコレート店のウインドウの前だ。

「どうしたの?」

ゆり子は目を丸くしているが、それには答えず、里奈は前面に躍り出た。

欧米系の女と視線が合った。里奈は鋭く睨み返した。威嚇だ。

女が里奈の胸のSP記章に眼をやった。

「ポリス！」

女がいきなり太腿を跳ね上げた。赤いハイヒールの踵が眼前に迫って来ていた。

里奈は、両腕を組みすっと身を屈めた。コサックダンスの要領だ。

2

頭上でハイヒールの踵が空を切る音がした。

「うっ」

里奈の真正面に女の股間が見えた。白くて細い股布が亀裂に深く食い込んでいる。

いやいや、そんなものは見たくない。

繰り出した足蹴りを外された女は、バランスを失っていた。チョコレート店のウインドウに向かって横転しそうになっている。

ガラスを割ったら後処理が面倒くさい。

里奈は咄嗟に両手を広げ、女の腰に飛びついた。

「くらえっ」

頭部を下げて飛び込んだので、ラグビーのタックルのような格好になった。

女の腹部に頭突きをする形になった。

「ぐふっ」

女が、尻から床に落ちていく。嘔吐（おうと）している。

「くっ」

いきなり背中を踏まれた。黒人男のひとりだった。普通の革靴だったが背骨に激痛が走る。歯を食いしばって、振り返った。

格闘している場合ではなかった。

警護するべき対象を見やる。

ゆり子と渡部はチョコレートショップの店内へと退避していたが、もうひとりの黒人男が、店内に入ろうとしていた。

里奈は、すぐに背後から接近し、右足を上げた。ローファーの爪先が、見事に黒人男の股間にヒットした。

「うううう」

黒人男はすぐにその場に片膝を突いた。スーツの後ろ襟を鷲摑（わしづか）みにし、通路に仰（あお）

向けに倒した。口から泡を吹いていた。それもそのはず、里奈のローファーの尖端には鉄が仕込まれている。睾丸が割れてもおかしくない。

「公務執行妨害。現行犯逮捕！」

里奈は腰のベルトに挟んであった手錠を取り出し打った。正直、外国人を仕込んでくるとは、思っていなかった。

「ちっ」

後ろで女の声がする。振り返ると立ち上がって逃げようとしていた。もうひとりの黒人男も一緒だ。

――ひとりでは追いきれない。

ＳＰの本分は、対象を警護することで、逮捕は二の次だ。ここから先は捜査一課の出番だろう。

里奈は確保した男を押さえたまま、刑事電話を取りだした。

と、その時だ。

ガーデンタワー側から、若い男女が走ってきた。顔立ちを見る限り日本人のようだ。少なくとも東洋人。男は灰色のスーツ。女は黒のスカートスーツ。タイトなミニスカだ。突如、女のほうが叫ぶ。

「ジョニー・ハワード、シャロン・スザンナ！　暴行罪で逮捕！」

警察手帳を掲げている。応援要員なら早すぎるし、ＳＰバッジはつけていない。

この人、誰だ？

「それに、デニス・リラード、おまえもだ」

今度は男の方が里奈の方を向いて警察手帳の表紙を見せた。

「ひょっとして外事課さんですか？」

里奈は男を見上げた。公安部外事課。外国人テロリストを監視するエキスパート部門だ。

「いや、俺たちは、本庁の性活安全課（セイアン）だ。まさか、前方からＳＰが出現するとは思わなかったよ。まいったぁ。公務執行妨害で逮捕になっちまうとは」

本庁のせいあん？　そんなばかな、と里奈は首を捻（ひね）った。

いやいや聞き間違いに違いない。刑事部の生活安全課だろう。外国人不法就労者などを取り締まる保安係は、生活安全課の所属だ。

だが、男は本庁と言った。

本庁とは警察庁を指す。刑事ドラマなどで、所轄署の刑事がよく警視庁のことを本庁と呼んだりするが、それは間違いである。

警視庁は、他の道府県警察と同じ本部である。本店と呼ぶのは単なる隠語だ。

警察庁は、警視庁を含む全国の都道府県警本部を束ねる監督官庁（ナショナルポリスエージェント）ではあるが、現場の捜査に出てくることはない。

「私も、いきなり外国人に襲われるとは思っていませんでした。不法就労者ですか？　警視庁警護課特務係の吉丘です。スポーツ庁副長官の警護に当たっています」

警察手帳を開いて見せた。そのうえで聞いた。こいつらも怪しい。

「本庁の生活安全局が、直接捜査ですか？」

局、局長という呼称があるのは警察庁だけだ。警視庁では部、部長までとなる。階級はまた別な話である。

「誰が、生活安全局だと言った。俺たちは長官官房室の性活安全課だ。ほら」

男が警察手帳を開いて見せてくれた。

【相川将太（あいかわしょうた）　警察庁　長官官房室総務部付性活安全課　巡査】

写真付きだ。

総務部付性活安全課ってなに？　そもそも性の字が違う。こんなの聞いたことがない。少なくとも警察学校では習っていない。

「非公開部門だ。セイの字違いは口にだすな」

相川が、厳しい目になった。

「私も同じ部署。うちら風俗担当。本筋で挙げたかったんだけどなぁ」

ジョニーとシャロンに手錠を打った女刑事も、警察手帳を掲げて見せた。

【上原亜矢　警察庁　長官官房室総務部付性活安全課　巡査】

この刑事たちの本筋ってなんだ？

だが、ここでいろいろ話し合っている暇はなかった。

「それでは、容疑者は引き渡しましたので、警護に戻ります。聴取には後ほど応じますので警備部を通してください」

いまは警護が先決だ。里奈はゆり子と渡部の方へ戻った。

「びっくりしたわ。吉丘さん、やっぱり強いのね」

ゆり子が呆気にとられた顔をしていた。渡部は冷静な表情だった。

「こいつらは副長官を狙ったわけじゃないだろう。あんたが、威嚇的な仕草を見せなければ、巻き込まれずに済んだものを……そもそもＳＰバッジをつけて警護をしているというのが間違いだ。外してくれ」

渡部の言い分にも一理ある。おそらく民間の警備会社ならそうしていたことだろう。

「申し訳ありません。しかし警護スタイルを変えることは出来ません。この三人は脅迫者とはかかわりがないようです。ということは、襲撃される可能性は残っているということです。SPの役割は逮捕よりも警護です。私たちがバッジをつけて存在を示しているのは、相手の攻撃意欲を削ぐという意味もありますので」

里奈は毅然と答えた。

ゆり子は、ガーデンタワーの寿司店に向かって歩き出した。相川と上原は、外国人三人を連行しようとしていたところだ。

「吉丘里奈君か？　N体大で、飛び込みをやっていた……」

すれ違いざまに相川に声をかけられた。

「えっ？」

「いま二十五だろう？」

「いや、はい」

「俺、一年上。武道学部だ。吉丘が水泳学部で、飛び込みをやっていたのを知っている。あの飛び込む勢いで頭突きを食らわせられたら、シャロンもゲロをはく」

「先輩とは知らず」

里奈は改めて敬礼を切った。

N体育大学から警察官や自衛官に進むものは多い。T大の頭脳とN体大の肉体で、警察は成り立っているともいわれるほどだ。

「聴取の際はよろしくな」

「わかりました」

挨拶して、その場を離れる。

「まぁ、吉丘さん、水泳の飛び込み選手だったのね」

ゆり子が歩きながら言う。

スポーツ庁は長官は水泳界の出身で、副長官が陸上界の出身ということでバランスを取っている。次はたぶん、体操界から長官が選出されるのではないか。

老舗(しにせ)の名店でバラちらしをいただいた。とんでもなくおいしかった。支払いはスポーツ庁が持った。支払いは渡部だ。

3

午後一時十五分。

小谷夏美都知事が、執務室で腕を組んで待っていた。

「石戸副長官、何度いらっしゃっても、東京が札幌を金銭的にサポートすることは不可能ですよ」

ゆり子が入るなり、狸顔の都知事が椅子を蹴るようにして、立ち上がって言う。怒ってもあまりそう見えない顔だから得だ。還暦を超えても美貌の持ち主である。ゆり子より遥かに大柄だった。

「いえ知事、本日はそのお願いではありません。いかに札幌でマラソンが開催されてもこれは東京オリンピックです。ですから当日は、小谷知事にスタートの合図をしていただきたくお願いに上がりました」

ゆり子が、歩み寄りながら伝えている。

「スタートの合図？　私がお立ち台に上がるの？」

「そうです。なんといっても知事には華があります。もう私、知事しかありえないと思うんですよ」

ゆり子が両手を何度も叩いている。

「私が空に向けてピストルを撃つの？」

狸がまんざらでもないという顔になった。渡部の授けた作戦勝ちのようだ。

里奈はそのやり取りを聞きながら、扉を閉め、廊下で待機することになった。

「石戸ゆり子も、役者になったな。次の参議院選に、民自党から出るらしい。ここは腕の見せ所だよ」

隣に立つ岡田准司が言った。ホテルの乱闘騒ぎの知らせを受けて、主任がやってきたのだ。

「現役時代からの人気に加えて、スポーツ庁の初代の副長官に民間人として登用されたんですから、選挙となれば当選確実ですね」

「これからは芸能界やスポーツ界からの政界入りがさらに増えるだろうな」

「そうなりますか」

「民自党も共立党も、かつてのように組織を動員して当選させるのは難しくなった。いきおい最初から知名度のある候補者に頼るようになるってことさ。石戸ゆり子も、単に元棒高跳びのヒロインというだけではなく、副長官に就任する以前は芸能事務所に所属していた。バラエティ番組などに数多く出演していたから、あれだけの知名度を持つに至っているということだ」

「小谷知事も、三十年前はニュースキャスターですしね」

「そういうことだ。いずれ芸能事務所が政党化するということもあるかもな」

岡田が苦笑いをした。

「そうなったら、芸能人のファンクラブがそのまま政治家の後援会になってしまいますね」

里奈もため息をついた。

「でも、たぶん私もジャッキーズ事務所のアイドルが選挙に出てきたら投票してしまうかも……あのＳＰの役をやってきた俳優とか」

岡田が咳ばらいをした。その俳優によく似ていると言われるからだ。

「それにしても、本庁の性活安全課なんて俺も知らなかったよ。非公然部門だろうな」

「そうなんです。詳しくは教えてもらえませんでしたけど、外国人売春組織を監視していたんだと思います」

「泳がせ捜査で、元締にたどり着こうとしていたんだと思うが……」

「それを私が、飛び出して台無しにしてしまったわけですね」

里奈は頭を掻いた。

「しょうがないよ。俺たちは捜査部門じゃない。マルタイの身辺に危険を感じたら、直ちに威嚇し、排除をしなければならない……ちょっと待て」

岡田のポケットの中で刑事電話が震えたようだ。すぐに取り出し耳に当てている。

「はいっ、岡田です」

答えながら廊下の奥に進み、話しながらUターンして戻ってきた。

「明田(あけた)課長からだ。吉丘に至急、本庁の官房室へ行くようにと。総務部だそうだ。さっきの件だろう。タクシーを使っていいぞ」

「わかりました！」

里奈は敬礼を返し、エレベーターホールに向かった。

西新宿の都庁から桜田門まで、約三十分で戻った。警察庁は警視庁の真隣にある。内堀(うちぼり)通りから見れば、真裏ともいえる。まさに全国警察組織の裏ボスという構えだ。

そのビルは、中央合同庁舎二号館という。二十一階建ての高層ビルだ。

一階から十一階までは総務省。十二階から十五階までは国土交通省。十七階から二十階までが国家公安員会と警察庁だ。

警察という捜査機関ではなくあくまでも役所の趣だった。案内板を見たが『性活安全課』の表記はどこにもなかった。

里奈は二十階へ上がった。岡田に指示された通り、長官官房室の総務部に向かった。警視庁警備部警護課特務係から来たと伝えると、中年の事務官に、いきなり屋上に行けと言われた。屋上？

「はいっ」

とりあえず元気よく返事をし、エレベーターへと急いだ。

屋上に出る扉を開くと、地上では感じなかった風がびゅうびゅうと吹いていた。

自然の風ではなかった。屋上の中央で青い機体のヘリコプターが羽をぐるぐる回しているではないか。

セミロングの髪がさまざまに変化し、ジャケットの裾がバタバタと翻った。立っているだけどもしんどい。

おおとり四号だ。

その機がアグスタＡｗ１３９という機種で、巡航速度が二百九十キロであることは警察学校時代に映像資料で知っていたが、実際見るのは初めてだ。空を飛ぶ映像資料より、はるかに巨体だった。

「吉丘さーん。乗ってください」

開いたままのスライドドアの奥から女性が手を振っている。やたら小顔な人だ。

里奈は走った。風圧に跳ね飛ばされそうになりながらも、踏ん張ってなんとかヘリにたどり着き、這いあがるようにして乗り込んだ。

「こんにちは、真木(まき)です」

黒のオーバーコートを着込んだ涼しげな目をした女性が、警察手帳をかざした。

【真木洋子(ひろこ)　警察庁長官官房室総務部付性活安全課　課長　警視正】

け、警視正！

三十代半ばの感じ。まぎれもないキャリアだ。

「警備部警護課特務係、警護官、吉丘里奈です。階級は巡査であります」

里奈も警察手帳を瞬時にかざし、腰を四十五度に折り、顔を前に差し出す正式敬礼をした。

その瞬間、ヘリが垂直に飛び上がった。あっという間に霞が関の景色が小さくなる。十五人乗りの機に、パイロットのほか真木と自分しか乗っていなかった。

「たったいま、長官から総監にあなたの転属要請をしました」

――長官から総監に。

里奈は胸底で復唱した。

どちらも警察機構の中にひとりしか存在しないので、それで通じる。わざわざ岩(いわ)野(の)長官から佐々木(ささき)総監に、という必要はないのだ。

「あの？」

それにしても、意味がわからなかった。

「これ辞令。いま総務部で作ってもらったから」

真木から小さな表彰状のような紙を渡された。確かに自分の名前が書かれている。

「あの、私、警護課からは何も聞かされていないのですが」

声が裏返っていた。困惑するなというほうが無理だ。

「ごめんね。トップ同士で決めちゃた人事だから。いま真子(まこ)ちゃんに電話したところ」

真子ちゃん？

おぉ、警備部警護課の課長明田真子のことだ。通称アケマン。里奈の上司だ。

「彼女とは、大学で同級生だったのよ。入庁も平成十九年の同期で階級も一緒。ちょっと待って」

真木は刑事電話を取り出した。かろやかにタップしている。

「あっ、私、いま吉丘さんをいただきました。ちょっとそっちからも説明してくれる？」

いきなり刑電を渡された。あわてて「吉丘です」と言って出た。

『明田です。そういうわけだから、警察庁(となり)に異動してね。今年から彼女と組んでいろいろ裏組織を連動させることにしたのよ』

「裏組織？」

『あのね性活安全課は、世間には非公開の裏部隊なのよ。管理売春の壊滅を狙っているのね。それで全国展開が必要だから、警察庁に拠点を置いているわけ』

「なるほど」

『それとね、私の方も総監の命を受けて、去年から裏組織を作っていたの。ごめんね言ってなくて』

ヘリは日比谷(ひびや)方面へと飛んでいる。あっという間に霞が関が小さくなった。上から見ると、警察庁は警視庁の左側に見えた。左遷じゃん。

「それはどういう組織だったんですか？」

『警護九係、総監曰(いわ)く、くノ一』

「はぁ？」

警護課は四係までだ。あとは遊軍の特務係だけのはず。

『女性警護官だけのSPよ。LSPっていうの』

そんなの初めて聞いた。

『女性の重要人物を護るためね。今後はそういうケースが増えるから。実は吉丘はその候補だったんだけど、性活安全課に抜かれちゃったね。でも性活安全課は、秋からさらにパワーアップした部門に変わるのよ。広域展開の特殊攻撃部門。そのことは真木に聞いてよ。とにかく私と真木は、ディフェンスとオフェンスで、新機軸を作り上げる予定。あなたはその両方の部門に精通する人材として育成されることになったわけね。いずれ私と真木で日本の警察機構を牛耳るつもりだからよろしくね』

ホントですか？　と聞こうとしてやめた。

辞令が出た限り、次の部門で奮闘するのが警察官たるべき者の本分だ。

「畏（かしこ）まりました。しっかり努めます」

『じゃぁ、岡田君に言って荷物は本庁へ送っておくわ』

それで電話は切れた。刑電を新たなボスに返す。

「転属について説明がありました。これからよろしくお願います」

「こちらこそ」

ヘリは明石（あかし）町から東京湾へ出ていた。機首を房総（ぼうそう）方向へと向けている。

「あの、この機はどこに？」

「札幌。三時間弱かかるわね」

「へっ？」

「それで任務は？」

「飛び込み」

里奈は真木課長の顔を見たまま絶句した。

4

「握らずに、尖端を舐めてくれないか……」

松重豊幸はベッドの上で、仰向けにされていた。視線の先には、冬空が広がり、雪がさんざん降って来ていた。

大通公園に面したマンションのペントハウスだ。

どうやら寝ている間に、三階の部屋から、担ぎ込まれたらしい。

天井も含めた全面ガラス張りの部屋で裸なので、雪空に胴上げをされている気分である。もちろん大の字でだ。恥ずかしながら、勃起していた。

「ルール違反をしておいて、よくいうわね」

ナナオと名乗る女に、睾丸を握り締められていた。冷たい指先だった。

「あぁ、どうせヤキを入れられるのなら、その前に払った金の分ぐらいのサービスをしてくれてもいいじゃないか」

「私の裸を撮影しておいて、ふざけないでよ」

ぎゅっと玉を握られた。

「あうっ」

眼球が飛び出すほどの激痛が腹に走る。

蹴り返そうにも、殴り返そうにも、両手両脚は、ロープでベッドの脚に括られているのでどうにもならない。

ナナオに奪い取られ、ヒールで割られた、性活安全課のシンボルでもあるシークレットウォッチだけが頼りだった。

破壊されると同時に、救難信号が飛ぶ仕組みだ。ただし信号をキャッチするのは、東京の警察庁の中にある性安課の小栗のパソコンだ。

道警に連絡がいくのだろうが、この格好で保護されるのは、いかにもカッコ悪い。裸で金玉を握られているのは止むを得ないが、勃起したままなのは、どうにもいかん。

男もふたり立っている。

萎えろ、自分。

＊

このマンションに入ったのは五時間前だ。

二か月前、長官から真木課長に札幌の風俗業浄化作戦の命が下された。

東京オリンピックのマラソンが突如札幌開催に変更されたからだ。

マラソンは、オリンピックの華だ。

世界中の注目が、この札幌に集まることになり、世界のＶＩＰたちもこの街に集まってくる。

警察庁は道警に対して予想されるコースの警備の徹底を命じているが、それ以前に、風俗店への追い込みが必要になった。

札幌の風俗業者に『いやがらせ捜査』をかけ長期の営業停止に追い込む作戦が立てられた。この捜査は、所轄では荷が重すぎたため、警察庁から隠密裏に性活安全課が出動することになったわけだ。

所轄署ではなぜ荷が重いか？

所轄署にとって、風俗業者は、なくなって欲しくない重要な情報網だからだ。

そもそも売春は『被害者なき犯罪』とも言われている。

サービス業として、酒や料理を提供してもＯＫで、女のアソコを提供したらＮＧというのは、法の平等性に欠けるという意見もある。猥褻（わいせつ）の概念も日々進化している今日この頃だ。

ちなみにヨーロッパでは未成年者でなければ合法とする国がほとんどだ。エッチもサービスのひとつという考え方だ。

日本でも売春そのものを罰するという法はない。あくまでも管理売春を違法としているわけだ。つまりエッチしてお金をもらった女性を罰してはいない。

法は、女を使って「やらせた者」を処罰している。あくまでも搾取と強制を不法としているからだ。

数年前には裁判所が『キャバクラ嬢の色恋営業は合法』という判断を示した。指名を稼ぐために、どんどんエッチしても、それは単なる営業努力だという解釈だ。

そうしたことから、所轄署の刑事たちには、風俗店を敵視せずに、手なずけたほうが得という意識がある。

かつてマル暴をしていた松重もそうであった。

ハコ型、派遣型を問わず、覚せい剤取引や逃亡犯の情報を探るには、風俗業者の協力が重要になる。

『したがって、所轄では捜査情報が洩れ、業者は脱法の工夫をするだけだ』

それが長官官房室の見立てだった。

広域捜査を旨とする性活安全課は、いわばデリバリーポリスだ。

まずは、事前調査として、松重が二週間前から札幌に潜入していた。二年前に一度札幌で捜査していたので土地勘はあった。

今回はススキノではなく大通公園に面した界隈を徹底マークした。ここがスタートアンドゴールになる可能性が大きいからだ。

現時点で、スタートアンドゴールは札幌ドームと大通公園の二案が俎上に載せられており、まだ決定していない。

道警警備部が守りやすいのはドームだが、改修費にやたら経費が掛かるという問題があった。

北海道マラソンのコースをそのまま生かした場合は、大通公園が起点となる。にわかにこの界隈が重点警備地区に指定された。

松重は、大通公園に面したビルを一軒ずつマークした。風俗店の看板を上げているビルはなかった。

だが三日ほどでテレビ塔に近い位置に建つ、うさん臭いマンションを見つけた。『桃華楼マンション』と真新しい看板が取り付けられてあった。

八階建て。二十二室のすべてが民泊ホテルになっている。1DKで一泊二千円という安さだ。ネットだけのやり取りで宿泊が出来る。

直接管理者と顔を合わせることなく部屋を借りることができるこのシステムは、犯罪の温床ともなる。麻薬や銃器の「置き場」。売春の「やり場」にするためには便利な場所と言える。

ここは盲点かも知れない。

松重は、一週間、このマンションを張り続けた。

様々な国の人間が宿泊しにやってきた。中には日本人もいた。ほぼ全員が単独客だった。女性客もいた。そして客が入った三十分後にはミニバンがやって来て女を降ろしていく。女たちは部屋に客がいる限り毎日やってくる。

このマンションが「やり場」になっているのは確実だった。

女性客は、そっちの趣味があるということだろう。ウリは女だけのようで、男娼が来ることはなかった。

登記簿でマンションの所有者を確認した。登記上のマンション名は『ホワイト札幌ハイム』。二十年前に全室が分譲されていた。当然、所有者は各室ごとに存在したが、本人たちは転居しており、全員が桃桜観光という会社にブッキングを委託していた。

ためしに、宿泊することにした。三時間前のことだ。

ネットでクレジット決済をすると、すぐに部屋番号と同時にキーを受け取るための暗証番号が送られてきた。

キーはエントランスのメールボックスの中にあり、ダイヤル式の番号入力で開く仕組みになっていた。

無事、鍵を取り出し三階の角部屋に入った。まぢかにテレビ塔の脚の部分が見えた。二十平方メートルほどの大きさだった。小型だがキッチンがあるのが、いかにも民泊マンションで、ビジネスホテルと趣が違っていた。部屋は、思った以上に清潔であった。

入室をしてきっかり五分後に、その部屋の固定電話が鳴った。エントランス、エレベーター、部屋に続く通路に防犯カメラが設置されていたので、それらで入室が確認されたのだろう。

「はい」

電話に出た。

「福山雅史様ですね？」

電話をしてきたのは女だった。申し込む際に偽名を使っている。性安課のＩＴ担当の小栗順平が、戸籍からクレジットカードまで、すべてセットアップしてくれた。

福山雅史という名義にしたのは、俺じゃない。小栗のセンスだ。

「そうだ、福山だが」

いうのが照れくさかった。

「セットサービスの方はいかがいたしますか？」

「セットサービス？」

「はい。一時間ですと三万円。一晩ですと七万円になります」

女はそれ以上説明しなかった。宿泊時にはなにも確認されなかったがそういうシステムらしい。ただし、この会話では女の手配とは断定できない。録音されてもしらを切れるように、慎重な言葉えらびをしているということだ。松重は聞き返さずに返事をした。

「一晩で頼みたい」

あたかも、このシステムを知った上での宿泊者を装った。

「わかりました。三十分以内に、ナナオという娘がお客様のお世話に伺います」

まるで介護ヘルパーの派遣のような調子で言う。盗聴されても問題ない話し方だ。

松重はバスに浸かりジャージに着替えて待った。盗撮用のレンズ付きメガネをかけるのを忘れなかった。ブリッジに小さなカメラアイが埋め込まれている。腕には、性活安全課のシンボルであるシークレットウォッチだ。見た目は普通の時計だが、リューズを押すと、音声や映像を送ることが出来る。これも大のジェームズ・ボンドファンの小栗が考案したものだ。催涙ガスが出るようになると完璧だがそれはまだだ。

三十分も待たずに、ドアチャイムが鳴った。

「ナナオです」

インターフォンで聞く声は、先ほどの電話の主と同じに聞こえた。松重はすぐに扉を開けた。

チャイナドレスにロシアンセーブルの毛皮を纏った背の高い女が立っていた。まさに九頭身だ。年齢はジャスト三十歳。そのぐらいに見える。黒髪のロングヘアで、眼は切れ長だ。全体にクールな感じがした。

顔はメガネのブリッジに隠したカメラアイが真正面でとらえている。

「お泊りコースですね。まずは一回ベッドインしますか？　それとも、食事でもとってお喋（しゃべ）りしましょうか」

ナナオが、本革のトートバッグからデリバリー用のメニューを取り出した。これも売春隠しのテクニックのひとつだ。踏み込まれても、ピザやランチボックスの注文を取りに来たと言い張るのだ。それでお客さんと意気投合してやってしまったと。官能小説でよくあるシーンだが、現実ではありえない。

「まずは、一回抜きたい。俺はもうバスにも入って準備が出来ている」

濡（ぬ）れた髪とジャージの裾を捲（めく）って腹を見せた。石鹼（せっけん）の匂いが舞い上がったはずだ。

「あら、きちんと準備をしてくれていたんですね。そういう方、とてもありがたいです」

ナナオが微笑（ほほえ）み、コートを脱いでチャイナドレスの脇のファスナーに手をかけた。自分で脱ぎやすいように背中ではなく脇に取り付けられているのだ。すっと引いていく。

「シャワーとかはいいのか？」

さりげなく声をかけた。女がシャワーをしている間にバッグの中を検めたい。

「平気です。私も出るときにシャワーを浴びてきていますから。北の女は、準備万端っしょ。福山さんも、ジャージを脱いでベッドに入ってください」

札幌訛りが可愛らしく聞こえた。

松重はメガネを外して、ベッドサイドのナイトテーブルに置いた。テンプルを畳まず、レンズをベッドに向くように置いた。同時にカメラアイもベッドを向く。録画だ。後で自分の逸物が映った部分は消去する。課長の真木洋子に見られるのはたまらない。

素っ裸になって、ベッドの上に寝そべった。部屋はエアコンが十分効いている。半勃ちの肉根を右手でさすりながら、ナナオが脱ぐ様子を眺めることにした。すぐ目の前でナナオが、するするとブルーのチャイナドレスを脱いでいく。いかにも雪国育ちらしい白い肌をエメラルドグリーンのブラジャーとパンティが一層引き立てていた。

「見事なプロポーションだ」

潜入捜査に入っているのに、思わず本音を吐いた。アスリートのように引き締まった四肢であった。

「内地のお客さんでしょう。内地の人は、みんな口が達者だから」

ナナオが言いながら、ブラジャーを取った。形の良い乳房の頂にあずき色の乳粒が乗っている。ツンと尖って（とが）いた。

内地……。

松重は久しぶりにその言葉を聞いたような気がした。

三十数年前、東京の高校生として修学旅行で札幌に来た時には、よくそんな言い方をされた。

当時は上野（うえの）から寝台列車に乗り十二時間かけて青森駅へ。そこから青函（せいかん）連絡船で函館（はこだて）。これに四時間かかった。そこから函館本線で札幌へ。まだ松本清張（まつもとせいちょう）の『点と線』を地で行くような旅程だった。

当時の北海道人にとって、海峡を渡らねば届かぬ本州は、確かに内地であったろう。だが一九八八年に青函トンネルが開通し、いまは北海道新幹線と東北新幹線は一体化し、かつ格安航空機が頻繁に往来している。本州を内地と呼ぶ人は少ないだろう。

ナナオが内地と表現したのは、祖父母か親の影響だろう。とすれば生粋の道産子（どさんこ）だ。

「この仕事は、もう長いのか？」

何気にプロフィルを探る質問を当てた。

風俗で働く女は、身の上話を幾通りも用意しているのが普通だ。それでもどこかに真実がまぶされているものだ。それを探るのが刑事だ。

「はじめたばっかり。留学からかえってきたばかりで、まだ仕事が見つからないから。これパート」

言いながらナナオは背中を向けてパンティの両脇に手をかけた。膝まで一気に引き下ろす。ヒップも引き締まっていた。膝を上げ片足ずつ抜くときに、尻の割れめの底から桃饅頭が覗いた。

「留学なんて羨ましい限りだ。どこに行っていたんだ？」

ぷっくらとした桃饅頭の中央の筋を眺めながら聞いた。

「香港よ。英語と中国語どっちも学べるから。いまだに残っているイギリスの風習も味わえるし」

ナナオは、見えていることに気が付いていない様子で、かなり大胆に背中を丸め、尻を突きあげた。ぴったりくっついていた肉襞が、にゅわっ、と左右に割れた。花びらがはみ出してくる。松重はその様子をじっくり鑑賞した。

初めて出会う女の秘裂ほど、男心を昂らせるものはない。

「どれぐらいいたのかな?」

これまで出会った女よりも、花びらが少し大きいようだ。もう一方の足首から抜くときナナオは、さらに身体を丸めた。

「二年のつもりが四年」

尻の底からにゅわっと裂け目の全体が顔を出す。ナナオのもう一つの顔を覗き見ているようで、心が躍った。

顔の表情はクールでも、股の中央に見える紅い顔は淫らに蠢いている。このギャップがたまらない。

「あっ、バックから見えちゃった?」

パンティを脱ぎ終えたナナオが、ベッドの方を向いた。照れ笑いを浮かべている。いきなり繊毛が目に入った。漆黒の小判型だった。きれいに刈り揃えられていた。

「たぶん、前を向いていた方がアソコは見えにくい。後ろ向きに屈むと、ばっちり拝ませることになる。見るなという方が無理だ」

「体の構造的にはそうでも、意識としては、後ろを向きたくなるものよ」

ナナオがベッドに上がってきた。

「おまんちょは英語でなんて言うんだ」

軽い裏取り。

「ｐｕｓｓｙ（プッシー）とかあんまりいわないわよ。ｃｕｎｔ（カント）がいやらしく聞こえるわね。でも香港ではおまんこで通じる」

そのまま唇を重ねてきた。舌を絡ませ、唾液を交換した。清涼錠剤でも舐めていたのか、爽やかな味がした。

本当に留学していたようだ。香港系の娼婦を何度か挙げたことがあるが、同じことを言っていた。

「舐めていい？」

ナナオが切れ長の眼を細めて言う。エキゾチックだ。

「頼むよ」

まずは一回抜こうと思う。刑事だって人間だ。もやもやした状態では、洞察力が散漫になる。一回発射してから、それとなく背後関係を聞き出そうと思う。

するとナナオはいきなり、身体の向きを変えた。松重の眼前に尻を掲げて、自分の顔は、松重の股間に埋めた。

「おぉお」

松重はぎょろ目をさらに剝いた。棹の根元をしっかり握られ、亀頭の三角地帯を、ちろちろと舐め上げられた。温かい舌だ。棹は一気に硬直した。

「私のを舐めてもいいです」

尻たぼをぐっと突き出した。暗桃色のクレバスが松重の鼻梁に当たりそうだ。女の生臭さとは違ういい匂いがした。柑橘系のコロンを振っているようだ。

「少し眺めていたい」

そう言い返した。刑事は何でも見張るのが好きだ。フェラチオをしている間に、股の顔がどう変化していくのか知りたい。

「なんか、その方がいやらしいっしょ」

「いやらしいことをしたくて来てもらったんだ」

「たしかに……」

ナナオがにわかに棹を飲み込んだ。口腔内に棹の半分まで収められた。そのうえで、唇をきつく結び、亀頭に舌を絡めてきた。じゅるり、じゅるり。ソフトクリームを舐めるように舌を下から上に動かしてくる。

「んがっ」

情けない声を上げさせられた。この部分の録画はあとでカットだ。

眼前のクレバスの間からコンデンスミルクのような濃い白濁液が垂れてきた。

——舐めながら発情している。

そう思うと、俄然亀頭が固まった。一気に淫気が脳に回りだした。

ナナオのクレバスに舌を差し出した。溢れるミルクを掬うように、下から上へベロリと舐める。

「んんっ」

ナナオが口に肉棹を収めたまま、くぐもった声を上げた。尻山の全体がぶつぶつと粟立ってきた。

肉棹の方も、ブルブルと震えだす。我慢比べになった。松重は、亀裂の中央を懸命に舐めた。花芯の上方にあるぷっくらとしたふくらみの中央から芽が出始めていた。朱色に尖っている。

松重は、唇と前歯を器用に動かし、包皮を剝いた。尖ったピンクのクリトリスが曝露された。

ふっ、と息を吹きかける。クリトリスがきゅっと強張った。

「ちょっと、ちょっと、それ下品すぎるっしょ」

ナナオが、えらくあわてて尻を引いた。気持ちよかったらしい。

「いやいや、そこを舐めしゃぶりたい」

松重は、ナナオの尻山を両手で鷲摑みにし、顔まで引き戻した。よだれと愛液で、濡れ光っている粘膜亀裂にしっかり唇を寄せ、肉芽を集中的に吸い上げた。

「あぅううう。本職をいかせてどうするのよ。先に私に仕事させて！」

ナナオがいやいやをするように尻を激しく振り、対抗するように亀頭の裏側に伸ばした舌をフル回転させてきた。ぐるぐると淫気が回ってきた。脳に噴水のイメージが浮かぶ。勤務先近くの日比谷(ひびや)公園の噴水だった。

――いかん。ここで射精したら休憩になってしまう。

売春は、挿入しなければ成立しない犯罪だ。そこをまず撮影しておきたい。

「クリ昇(い)かせは諦める。噴き上げは、この中でやりたい」

松重は、秘孔にぶすっと人差し指を突っ込んだ。肉層は煮えたぎっていて、挿し込むとシリンダーの要領で、肉孔の縁からぬるぬるの葛湯(くずゆ)が溢れ出てきた。

「わかったわ。その方がまだマシ。このシックスナイン、まるで格闘技よ」

ナナオが、亀頭から口を離し、すぐに体勢を入れ替えた。すでに全身汗まみれになっていた。

「ご希望の体位は？」

額の汗を腕で拭いながら言っている。

「上からずぽっと入れてくれ」

松重は頭の位置を少し上にあげながら、そうリクエストした。こうすると盗撮用のレンズに、接合部分がピタリと入るはずだった。ナイトテーブルに置いた眼鏡を見ないように心掛けることにした。

「ずぽっとね」

ナナオが松重の剛直の上で蟹股になった。モデルかレースクイーンと見まがうほどの美貌とプロポーションの持ち主が、天下御免とでもいうように蟹股になって、女の平べったい粘部と、かちんこちんに硬直した亀頭の調整をしている。

まさに眼福。その様子を眺めているだけで、白いロケットを打ち上げてしまいそうだ。

ぬちゃっ。

亀頭が秘孔の入口に押し当てられた。唇とは違う卑猥な感触に包まれる。

「んんんっ、おおっきぃ」

棹の根元を押さえたまま、ナナオがヒップを下ろしてきた。亀頭が滑るように肉層に潜り込んでいく。肉路が細い。鰓が圧迫される。

――極楽、極楽。これが本当の潜入捜査。

松重は腰を突き上げた。ずんっ。子宮を下からたたき上げた。

「あんっ。いい。ジャストフィット」

ナナオが顔をくしゃくしゃにした。美形の女は、喜悦に顔を歪めても美しさは変わらない。

「動かすわ」

両膝に手を置いたナナオがスクワットをするように、筒を上下させた。ぴっちりと肉棒を締め付けたまま粘膜に擦られる。あっという間に精子が充満しだし、亀頭が重くなった。これでは若干、早漏気味だ。

捜査には一切無関係だが、男の沽券にかかわる。松重は、ナナオの腰骨のあたりを掴み、尻をぐっと下に引っ張り込んだ。

「あぁあ〜ん。突き抜けちゃう」

棹の全長が膣層に収まった。互いの土手もぴったりくっついた。松重の土手にクリ豆が当たっている。

松重が腰骨を前後に揺さぶった。クリ豆がひしゃげた。さらに腰を突き上げて、ぐりぐりと揉み込む。

「あふ、ひゃほっ、んぐっ」

クールな顔に似合わない、慌てふためいた声が上がった。プロを翻弄するのは楽しい。これこそ風俗刑事（エロたん）になって以来、唯一の楽しみだ。風俗に潜入するたびに、松重は、プロの女を昇天させて楽しんでいる。

「うぉおおおおっ」

松重は腰をがくがくと動かし、女のクリ豆と膣層を同時に攻め立てた。騎乗位ながら、下方からのガブリ寄りだった。頭の中でのこった、のこったと行司の声がする。

「いやっ、福山さん、それ、ずる過ぎ、下品すぎ、ルール違反っ、あふっ、うわっ、くはっ。そんなされちゃ、昇っちゃうっしょ、あぁあああ」

ナナオがもう無理とばかり、尻を跳ね上げ、前方に倒れ込んできた。両腕を左右に伸ばしている。スキーのジャンプの恰好（かっこう）だ。

昇きやがれ！

松重は、最後のひと突きを放った。鰓で肉層を抉（えぐ）る。

「うわぁあああ、昇くぅううう」

ナナオが、さらに跳びはねる。膣口から肉槍（やり）がすぽんっと抜けた。

身体の中心から芯棒を抜かれたナナオが、バランスを崩しながら、崩れ落ちた。右手がナイトテーブルの上に置いた眼鏡を弾き飛ばす。

——やばいな。

そう思った瞬間、弾き飛ばされた眼鏡が壁に激突し、ノーズパッドの上にあるブリッジから、ポロリとカメラアイがこぼれ落ちた。中からテグスのような細い線まで露見している。

「な、なにあれ、カメラのレンズじゃない！　あんた何者？」

ナナオの眉根が吊り上がる。まだ、昇天したばかりのせいか、肩を上下させながら、荒い息を吐いていた。

松重は、ベッドから飛び起きた。勃起したままだったのがいけなかった。棹をむんずと捕まえられた。

「やっぱり口移ししておいてよかったわ。そろそろ効いてくるっしょ」

眉根は吊り上げたままだが、目元には涼しさが戻っている。

「なんだよ」

「睡眠剤。糖衣で包んだやつを涎で溶かしながら移したから気が付かなかったでしょう」

「くっ」

気が付けば、指先が冷たくなり瞼が重くなってきた。

「毎日、このマンションを見張っていたのを、うちらも感づいていたからね。その時計も怪しいわね」

性安課のシークレットウォッチも奪いとられた。薄れゆく意識の中で、シークレットウォッチが踏みつぶされる音がして、ナナオがどこかに電話するのが聞こえた。

＊

「うわぁあああ。だから、金玉を握らずに、先っぽを舐めてくれよ。発射したくてしょうがねぇんだよ」

松重は睾丸を思い切り握られ絶叫した。マジに痛い。脱糞しそうなほどの激痛だ。

「あんた、刑事なんでしょ！」

「違う。盗撮マニアだ。ここのマンションに泊まれば、モデル張りの女が買えると聞いて、本当かどうか一週間観察していただけだ」

張り込みを観察という言葉に置き換えた。何となく意味合いが違ってくる。

「嘘おっしゃい。この眼鏡についていたカメラレンズや時計の部品は、個人で誂えられるようなものじゃないわ」

どうしてそこまで言い切れるんだ？

松重は、激痛に耐えながらも、女の洞察力に疑問を持った。

「アンダーグラウンドウエッブに侵入できれば、マニア用のそういった道具も買える」

信ぴょう性のある言い方をした。

「だったら、そのウエッブへの入り方を言いなさいよ」

すぐそばで金髪の男がタブレットを広げている。黒のレザージャケットにブラックジーンズ。反社か半グレか。

最近は見分けがつかない。

一番深い眠りから覚めたとたん、松重の顔に何度もフラッシュを当てていた男だ。ペントハウスの隅にもうひとり濃紺のスーツを着た男が立っていた。スキンヘッドにサングラスだ。外を眺めている。松重はまだ頭の芯まで覚めてはいなかった。

「頭がすっきりしない。喋るのがまだ億劫だ」

「ふん」

睾丸から手を離したナナオが、おもむろに肉棹を握り締めた。軽く上下に摩擦される。

「発射させてくれるのか？」

「本当の素性を言ったらね。知床(しれとこ)の流氷に浸ける前に、一回だけ出してあげる」

しゅっ、しゅっと擦られた。気持ちいい。すぐに先走り液が漏れてきた。

「おぉおっ」

出るっ、と思った瞬間に手を止められた。

「くっ」

「道警のどこの部署？」

「だから俺は、警察じゃねぇよ」

歯を食いしばって堪(こら)えた。出したい……その気持ちに変わりはない。今度は裏側の三角地帯を、舌の先でレロレロされた。ドクンと棹が脈打った。出るっ。また止められた。まさに絶妙なタイミングで、寸止めされる。この女の指先は、射精のその瞬間を察知できるのか？

「だから、あなた何者？」

「実は、探偵だ。ススキノのバーにいる。福山は偽名だ。本名は大泉(おおいずみ)。なぁ、はやく出してしまってくれよ」

「バカにしないで！」

　棹の先を空手チョップで殴られた。

「うわっ」

「いやっ」

　亀頭に衝撃が走り、精子が飛んだ。ナナオの鼻梁に汁がくっつく。

「なにするのよ」

「もっとドクドク出してぇ」

「ナナオ、こいつ、もうやっちゃおう」

　金髪の男が、ナイフを取り出し肉棹の根元に当てている。ダガーナイフだ。いきなり尿道口が窄まった。精子ではなく小便をちびりそうだ。不思議なもので、このふたつの液体は一緒に出ない。

　いま切られたら、半黄色、白、赤の順に液体が飛び出しそうだ。

「やめろっ。俺は、半島から来た工作員だ。このビルを狙撃場所に出来ないか確認するために宿泊したんだ。小道具はすべて党の調査部から渡されたものだ。映像を収録して国に持って帰れと言われている。ここまで言ったんだから亡命するしかない。警察を呼んでくれ」

松重は適当なことを言った。

「そんな御伽話（おとぎばなし）が通用すると思ってんの。切っちゃって」

ティッシュで鼻の上を拭きながらナナオが怒鳴った。刃先が、陰茎の根元に食い込んだ。ちびった。だが黄色系ではなく、粘りのある白液だった。金髪男の顔に掛かる。

「汚ねっ、飛ばすんじゃねぇ」

「だったら、ナイフを外せ」

そこでスキンヘッドの声がした。

「おいっ。なんか妙なヘリが来るぞ」

雪降る空を見上げ、指をさしている。

「ヘリコプター？」

金髪男がそう言いナナオと共に空を見上げた。ナイフが一時的に離れた。

「降雪状況を確認する自衛隊機じゃない？」

今度はナナオが言った。

「どんどん、こっちに接近してくるぞ。低空過ぎないか？」

「雪だから仕方がないんじゃないの？　有視界飛行しかできないでしょう？」

この女、ヘリコプターにも詳しい。

「おい、真上に来るぞ」

機体が松重の視界にも入った。ブルーのボディ。あれは警視庁のヘリだ。スライドドアが開いている。

真木がひょいと顔を出した。プッ、と笑ったような気がした。

——見るなぁ！　俺のちんこを、真上から見るんじゃやねぇ。

「自衛隊じゃない。あれは警視庁だ」

スキンヘッドが叫んだ。

スライドドアの奥からヘルメットを被り、戦闘服を着た者が現れた。

「特殊部隊なら、勝てないわよ。逃げて！」

ナナオが叫び、トートバッグからホイッスルを出し口に咥えた。扉から飛び出し、思い切り吹いている。金髪とスキンヘッドの男たちが続いた。ベッドに真っ裸で張り付けられた松重だけが残った。勃起し、しかも中途半端に精液を噴きこぼしている。

——カッコ悪すぎる。

まだ残液感があったが、もはやじたばたしてもはじまらない。救助されるのを待った。ヘリがペントハウスの十メートル上空まで舞い降りてきていた。雪が乱舞している。

――真木課長、なにする気だ？

突如、黒い影が降ってきた。人だ。それもノーパラシュートで、ムササビのような格好で降ってきた。こっちは真っ裸だ。

――わ、わっ、わわわわ！

ペントハウスの硬質ガラスの天井にガツンと飛び降りた。クッション性のあるパンツとジャンパーを着ているようで着地と同時に何度も弾んだ。確かに特殊部隊らしい。で、どうやって天井を割る？

落下してきた奴が、背負っていたバッグを下ろしている。超小型のプラスチック爆弾か？　それとも手榴弾を使う気か？

そいつが取り出したのはハンマーだった。

――プリミティブ過ぎねぇか？

ガンガンに叩きやがった。それも松重の真上だった。ガラスの破片がばらばら落ちてくる。こっちは裸だ。しかも動けない。

――ちんこにガラスが刺さったらどうしてくれる！

三分ぐらいでぽっかりと穴が開いた。飛び降りてきたそいつは、穴の周囲もガシガシと踏んだ。鉄板入りの安全靴らしい。気持ちいいぐらいにガラスの破片が降ってくる。幸いちんこには刺さらなかったものの、胸や太腿（ふともも）には、結構な量が当たりところどころ血が流れていた。最後にそいつが飛び降りてきた。ヘルメットを脱ぐ。女だった。

「警備部から、三時間前に転属になりました。吉丘里奈、階級は巡査です」

敬礼された。真剣な表情で勃起を眺めている。

「見るな。さっさとロープを外せっ」

「はいっ」

吉丘に、ナイフでロープを切ってもらった。すると上空を旋回していたおおとり四号の扉からロープが垂れてきた。

「まさか、この雪の中を真っ裸で上がれっていうんじゃないだろうな？」

とんでもなく嫌な予感がした。

「真木課長が、雪で何も見えないだろうって言っています」

「そうじゃなくて、俺が凍え死ぬだろう！」

松重は声を荒げた。とりあえずバスローブでもいいから着たい。吊るしてあるクローゼットへ向かった。

「すでにこのマンション、包囲されています。いまに突入してきますから、私に抱き着いてください」

いきなり吉丘にハグされた。股にちんこは挟まる。妙な塩梅(あんばい)になった。吉岡のベルトにフックがついていた。尾てい骨のあたりだ。

「ではっ」

吉丘が上空に手を振った。ヘルメットはそのまま放置するらしい。

「おわぁあああああ」

ロープが一気に引き上げられる。機械式らしい。松重は真っ裸のまま雪空に舞った。眼下に大通公園が広がって見えた。数人が見上げていたが、よくわかっていないようだ。マンションに、十人ほどの男たちが乗り込んでいくのが見えた。逆に、二十人ほどの女が、飛び出してきてもみ合いになっている。チャイナドレスの裾を翻して黒のアルファードに乗り込むナナオの姿が見えた。

「乗り込んできているのは何者なんだ?」

引き揚げられながら、吉丘に聞いた。

「そんなの私にもわかりませんっ。何せ三時間前に着任したばかりですから。それよりも、松重警部補、腰を振るのはやめてください。擦れます！」

ムッとした表情で言われた。顔中に雪がくっついて顔射されたように濡れている。

「バカタレ。寒いんだよ。動いていねぇと寒いんだ」

松重は吊り上げらながら、腰をがくがくと振った。

「やめてください。私、処女なんですからっ」

「そんな情報、ここでいらねぇだろう！」

「それはそうですが……警部補、どうしてまだ勃起したままなんですか。私、男性のそういう不気味な状態を目撃するのも初めてです」

吉丘が頬を真っ赤にして黙り込んだ。

「お前に発情しているんじゃねぇよ。寒さで凍結しちまってんだ」

「ホントですか？」

吉岡が太腿をぎゅっと絞めて、棹の硬度を確認している。それ素股だ。

——温(あ)ったけぇ。

そこで機内に転がり込んだ。

「マンションに乗り込んでいるのは、道警の公安。売春組織じゃなくてテロリスト集団だったみたい。性安課が余計なことをしたみたいに言われるから、さっさと帰りましょう」

最前列に真木洋子が腕を組んで座っていた。

「事情はゆっくり聞きます。報告も……まずは服を着させてください」

松重は両手で股間を押さえながら、上司に頼んだ。

「はい、そうしてください。私も見たくないです」

ヘリは旋回しながら、東京へと戻り始めた。

第二章　六本木ホンキートンク

1

夜の六本木だ。まだ十一月の終わりだというのに、町は早くもクリスマスのイルミネーションに彩られていた。

「なんで、飛び込みという競技をやろうと思ったんだよ」

相川将太は吉丘里奈に聞いた。スタンディングバー『ファイブサークル』だ。外苑東通り、六本木交差点を東京タワーの方に入り、左に曲がったあたりである。

円形のカウンターが五つある、オリンピックを意識させる造りの店だった。

ほとんどが外国人客だった。観光客というよりも日本に駐在しているビジネスマンという風体の男女が多い。さまざまな言語が飛び交っていた。

相川たちは、一番奥のカウンターにいた。

「本当はスキーのジャンプをやりたかったんですけどね。でも私、東京の世田谷育ちで雪には無縁でしたから。練習のしようがなかったんです。それに、子供のころから雪国で育った選手には勝てませんから」

里奈がウォッカのグラスを口に運びながら言う。もう三杯目だ。

「とにかく、飛びたかったってか？」

相川は、黒ビールを飲みながら冗談めかして言った。

課長から内偵を命じられた飯倉片町のクラブに入るには、まだ早すぎた。初めての相勤者と一時間ほど話をし、馴染もうと思った。

それにクラブに出向くには、多少酒臭い方が、怪しまれずに済むということもある。

里奈はアルコールにめっぽう強そうだった。ウォッカの杯を重ねてもけろりとしている。

「まぁそんなところです」

「飛び込み用のプールだって、そこいらにあるわけじゃねぇだろう」

「先輩、口に泡がついています」

里奈に笑われた。里奈は、初めて会った時の黒のパンツスーツと異なり内偵用に、身体（からだ）にぴったりした黒のタートルネックセーターとバーバリーのチェックのミニスカートというギャル系モデル風の恰好（かっこう）をしていた。長い脚にロングブーツがよく似合っている。

「サンタクロースみたいだろ」

おどけて見せた。日頃の相棒の上原亜矢や新垣唯子（あらがきゆいこ）なら、義理でも笑ってくれる場面だが、里奈は真顔だった。

「そんないいもんじゃないです。どう見てもただの酔っぱらったおっさんです」

きっぱりと言われた。眼が据わっている。

「わるかったな、おっさんで」

むくれた顔をして、スーツの袖で口の周りを拭いた。拭いたとたんにしまったと思った。今夜は自分で誂（あつら）えたスーツを着てきていたのだ。ブリティッシュブルーにストライプの入ったやつだ。慌ててハンカチで袖を拭く。

その様子を呆（あき）れた顔で眺めていた里奈が話し出した。

「小学生の頃から水泳クラブに通っていたんです。中学に上がったときに、コーチに飛び込みもやってみたいと頼みました」

「普通に競泳をやる気はなかったのか」

「泳ぐのは別に好きだったわけじゃないんですよ。平泳ぎや自由形の練習のときも、何度も飛び込みの練習ばかりしていました」

またウォッカの杯を空けた。

「飲み過ぎじゃないか？」

「体質的に強いみたいです」

風俗刑事としての内偵捜査にはうってつけのタイプだ。相川も酒には自信がある。

「飛び込みの水着って、食い込んだりしないのか？」

酔ったふりをして聞いた。

「それ、完璧におっさんです」

キリリとした双眸で睨まれた。いかん、セクハラになってしまった。どうも性安課では通常の会話からしてエロ話なので、世間一般の常識から外れてしまう。なにせ『挿入した瞬間にワッパをかけろ』とか『陰毛を見せたら公然猥褻罪で引っ張れる』などという会話が頻繁になされている。囮捜査では『業務挿入』もありだ。

「すまん、すまん。ブルスケッタでもどうだ？」

詫びを入れた、

「肉の串焼き貰えますか？　ちなみに垂直に水面に当たると、思い切り食い込みます」

里奈が両手で逆三角形の形を何度か作って見せる。股間でやれば、大物芸人の往年のギャグだ。あれは体操選手の真似だったが。

里奈の水着の股間を思い浮かべたが、それには答えず串焼きをオーダーすることにした。

「シャシリク二本、頼む」

カウンターの中にいるバーテンダーにそう告げた。この店ではメニューにそう書いてある。バーテンダーは白人だった。透き通るような白い肌と青い瞳の持ち主だった。

「ありがとうございます」

ネイティブの日本語だった。

「日本生まれか？」

相川は聞いた。

「錦糸町の生まれですよ。両親はノルウェー人だけど、僕は行ったことないね。日本しか知らない。両国一高卒業。国籍は日本ですよ。名前はエミール」

ノルウェー系日本人のバーテンダーはそう言って、ジャケットの胸に付けた小型マイクに向かってツー・シャシリクと伝えた。飲み物以外のメニューはインカムでキッチンに伝える仕組みのようだ。

里奈がおもむろに口を開いた。

「いままではディフェンス専門だったので、オフェンスにはなれていません。実は、ちょっと緊張してます」

それでウォッカを呷(あお)っていたらしい。

「うちは内偵の積み重ねと潜入が主業務だ。そういう意味じゃ薬物捜査に似ているな。現行犯でないと挙げられない。しかも先週の松重主任のように、他の部門とマルタイがバッティングしていることもある」

それがもとで、今回は複雑な内偵になっている。

「早く慣れるようにします」

里奈が肩を竦(すく)めた。

「今回は、ＳＰとしての視点でクラブ内の人物を見てもらえればいい」

相川はそう伝えた。課長の真木からそう指示されている。ある人物を特定するためだ。

背後からシャシリクが届いた。

「お待ちどおさま。肉、美味しく焼けてますよ。冷めないうちにね」

黒人ウエイトレスだった。これもまた流暢な日本語だった。あまりの流暢さに里奈が皿を受け取りながら目を丸くしていると、ウエイトレスが笑った。

「六本木生まれです。サリー。私、英語出来ないから、日本人だけ担当なんです。母親はセネガル人、父親は日本育ちの台湾人。私は日本国籍です。日本しか知らないんです。オリンピックは両親の参加国も応援しますけどね」

ちゃんとした敬語だ。

ノルウェー系日本人に続いて、アフリカと台湾系の日本人だ。今後の日本が人種の坩堝となっていくことを暗示しているような店員たちだった。

もはやオリンピックも、国同士で競い合う時代ではないのかもしれない。

「ありがとう」

と里奈が受け取り、ステンレスの串に刺さった肉を齧りながら続けた。

「お客さんも、お料理もまさにグローバルダイニングですね」

「これから行くクラブもそんな感じらしいが、そのぶん犯罪もグローバル化している。日本国内で犯罪を犯した数時間後には出国してしまっていることなんてざらだ。

外国人だけではなく、日本人犯罪者も出国してフィリピンなどで国籍を取得して、足取りを消してしまうケースが増えている。半グレなんかも六本木からマニラに拠点を移したりしているからな。相手国の協力がない限り容易に逮捕することが出来ない」

「犯罪者は国をまたいで連携しているというのに、警察だけが国家間の縄張りに縛られているということですよね」

里奈がセクシーな唇を動かしながら言う。

「その通りだ」

悪党の結びつきにイデオロギーは存在しない。人種も無関係だ。悪党同士は得か損かだけで行動する。日本の政治や法律はまったく追いついていない。現実的な対応をするとすれば、違法捜査が必要となる。

性安課の威嚇捜査や闇処理もそのひとつだ。

「いやっ」

突如、里奈の背中に巨漢の白人が体当たりしてきた。里奈の上半身がカウンターにうつ伏せた。身体が伸びあがったために、スカートもせりあがる。黒いパンストに包まれた臀部(でんぶ)が見えた。

相川は酔っ払いが突発的に転んだのかと思った。だが、事態は違っていた。巨漢の白人は殴り倒されていた。グレンチェックのスーツを着ているが、前のボタンを締めようがないほど腹が出ている。酒場の喧嘩か？

2

殴ったのは、浅黒い肌をしたアジア系の男だった。真冬だというのに、ジーンズの上は臙脂色のタンクトップ一枚だ。小柄だが鋭い眼光を放っている。まだ両手の拳を握り、ファイテングポーズを取ったままだ。

白人の金髪巨漢が立ち上がった。里奈の腿に掴まりながら起き上がっている。しようがねぇ奴だ。

「いやっ」

パンストの内腿に伝線が走る。よりによって股間に近いエロいポイントだ。元SPの里奈は、片眉を吊り上げて白人を睨み返した。蹴りを入れそうな勢いだ。相川が腕を掴んで制した。ここで素性がバレては困る。

「チビがふざけた真似をしやがって」

みたいなことを英語で言って白人がカウンターにあったエメラルド色のウイスキーボトルを取った。標準的な価格のスコッチのボトルだ。カウンターの中で目の前の白人よりもはるかに白い北欧系のエミールが、日本語で警備の出動を要請している。

「誰が、チビだ？」

アジア系の顔をした男は言い終わらないうちに、拳を白人の腹に叩き込んだ。拳銃が火を噴いたようなパンチだった。

「ぐえっ」

白人の口辺から涎が溢れる。だがこの大男もウイスキーボトルを、一気に振り降ろした。

ボトルがアジア系の男の頭頂部で炸裂し木っ端微塵に砕け散った。

アジア系の男は、軽く頭を振った。ボトルの破片と血飛沫がそこら中に舞う。それでもアジア系の男は倒れはしなかった。倒れないどころか、いきなり床を蹴り飛び上がった。左足を畳んでいる。

白人の男の背中に隠れる形になっていた里奈が声を上げた。

「ムエタイだわ」

タイ人ということか。

アジア系の男は飛び上がりながら、畳んだ左足をさっと伸ばした。爪先が前のめりになった白人の顎にヒットする。ブルドッグのような頬が上下した。

一連の動きがまるで芝居の殺陣(たて)でも見ているようであった。

タイ人らしい男が着地すると、白人はずるずると尻から崩れ落ちた。顎が砕けたせいでろくに声も上げられないらしい。

「ちょっと、ちょっと」

里奈が、腰を引いている。崩れ落ちる男の手がまたまた里奈の太腿にしがみついていた。びりっと音がして、右足の内腿の付根のあたりに小さな穴が開く。黒のパンティの股布がわずかにはみ出て見えた。超エロい。

崩れ落ちた白人はそこで、口からゲロを噴き上げた。エロとゲロ。相川は唖然(あぜん)となった。

「六本木はアジアね。勝手に荒らすな」

ムエタイのファイティングポーズを下ろした男は、そういうと踵(きびす)を返して店を出て行った。

「お客さん、怪我(けが)はありませんか？」

店の奥から幹部らしい日本人スタッフがふたり駆け寄ってきた。

「大丈夫です」

里奈が笑みを作った。

「会計してくれ」

相川が告げた。

「いや、本日は結構です。美味しいはずのお酒をまずいものにさせてしまいました。当社の不徳の致すところです。ぜひまたのご来店をお待ちしています」

中年の男のひとりが名刺を差し出してきた。

【㈱ストレート貿易　専務取締役　堤慎太郎(つつみしんたろう)】

「主に欧州からの飲食料を扱っています。この店は来年九月にパラリンピックが終了するまでのアンテナショップですが、次回来店の際にはこの名刺をお持ちください。ビールをサービスします」

その間に、もうひとりの男が、白人の意識を確認している。さすがにこのカウンターには人がいなくなったが、他の四つの円形カウンターでは何事もなかったかのように、客たちの語らいが聞こえる。歓楽街とはそんなものだ。

「ありがたく頂戴(ちょうだい)します。僕は名刺がなくて」

相川は里奈の顔を眺めた。里奈が違う方向を向く。訳ありカップルの雰囲気をだす。

「いえいえお客様は結構です。本当にお怪我がなくてよかった」

相川と里奈は、会釈をして店をでた。

外苑東通りを東京タワーに向かって歩いた。夜の十時過ぎでもこの町では、多くのファッションブティックが開いている。界隈（かいわい）で働く夜姫たちや、遊びに来た女たちのためである。

「相川先輩、すみません。私、ちょっとパンスト買って穿（は）き直してきます。なんかどんどん破れが広がってきていて」

里奈がきらびやかなショップの前で言った。

「わかった。そうした方がいいだろう。俺はこの先の信号の前で待っているよ」

「十分以内で戻ってきます」

里奈が店内に消えた。相川は歩を進め、激安ショップの前で待った。

正面に閉鎖されたままになっているロアビルがあった。かつての六本木のランドマークであったはずだが、解体はまだ進まず、いまは無機質な塀で覆われたままだ。

おかげで煌々とした街の中にあって、この一角だけが闇だ。光を失ったロアビルは、満身創痍のまま立ち尽くす武者のように見えた。早く介錯してやった方がいい。

ほどなくして里奈が戻ってきた。まだ十分も経っていないのに里奈は走ってきた。額に大粒の汗まで浮かべている。

「おいおい、クラブに入る時間が決まっているわけじゃないぞ。そんなに走らなくてもいいだろう」

「先輩、これ見てください。さっきまで穿いていたパンストの内側に挿し込まれていたんです」

里奈が小さな紙片を差し出した。走り書きがしてある。

【大通り公園　ピンクの林檎　三個】

「なんだこれ？」

「さっきの白人が、入れたんだと思います」

「どこらへんに入っていた？」

相川は刑事の本能として匂いを嗅いだ。あくまでも刑事として、だ。

「言いにくいところです」

里奈が眉間に皺を寄せた。

「あそこか？」

　誘導した。

「あそこだったらわかるに決まっています。処女でも感覚はあるんです」

「処女？」

「すみません。いまのセリフは忘れてください」

「わかった」

　そこは深く突くポイントではない。言葉のアヤというものだろう。

「陰毛のかなり上の方です。あっというまに挿し込まれたみたいです。気が付きませんでした」

　里奈が、闇の中に佇むロアビルの方を見上げながら言った。陰毛と言った自分に羞恥を覚えている表情だ。

「そこは誰でも鈍感だと思う。ふさふさしているからな」

　余計なことを言った。

「私はふさふさしていません。きちんと処理をしています」

　里奈がムキになった。こいつは本当に処女かも知れない。

「とりあえず、そのメモを撮影して、課長に送れ」

現実的な指示をした。里奈がスマホを取り出し撮影した。送信を済ませたところで、ロアビル側に渡り、さらに東京タワーに向かって歩いた。

クラブ『クリスティ』は、飯倉片町の交差点を麻布十番側に曲がってほど近いビルの最上階にあった。

扉を開けると爆風のような音が吹き寄せてきた。様々な音がミックスされていた。音に頬を打たれる感じだ。

3

クリスティの店内は先ほどのスタンディングバー以上に、外国人で溢れかえっていた。

会員制で、入会金は個人で百万円。紹介者の推薦が必要だ。

つまりそうそう誰でも会員になれるわけではない。それが成金趣味の人間の自己顕示欲をくすぐっている。

勢いにわかセレブが大勢集まっていた。

会員になると運転免許証などの写真付き身分証のコピーを取られる。クラブ側は身元が確かな会員ばかりということを謳い文句にしているが、それこそ経営者の思うつぼだ。

いずれそれは、特殊詐欺の新たな名簿作りの格好のデータとなる。運転免許証一枚あれば、たいがいの情報を抜き取ることが出来る。

ただし、各国の大使館員や多国籍企業の外国人駐在員たちは、入会金なしで会員資格を得ているという。

男女さまざまな外国人客がいる。

一方で、別な匂いのする外国人も大勢いた。妙に色っぽい男女だ。おそらくこちらはＶＩＰ用の接待要員だ。

相川は、投資家に偽装していた。戸籍謄本から住民票、マイナンバー、運転免許証にいたるまで、すべてのバッググラウンドがＩＴ担当の小栗の手で作り上げられていた。里奈は同じ方法で、資産家の娘になりすましている。

クラブ中央のダンスエリアを半周して、ふたりは壁際にいた。

日本人の若い女や男が、従業員の名札をつけてあちこちにいた。

これはあからさまだった。

人数が異常に多い、売春要員とみるべきだろう。こうしたクラブでは、女性客用の男娼もニーズが高い。ただし、日本の法律では男娼は相手が女性であれ男性であれ、罪にはならない。ザル法なのだ。

クラブの運営会社は、創業二十年になる素っ堅気の会社だ。『百発観光』。

なにが百発なのかはよくわからない。

六本木界隈にキャバクラやガールズバーを十店舗も運営している老舗会社だ。だが、この運営会社が、二年前に実質的に半グレ集団『城東連合』に乗っ取られていることは一般には、ほとんど知られていない。

百発観光の社長、六平直樹の娘がシャブ漬けにされAV男優と嵌めている映像を、彼らに握られているということらしい。

主任の松重が、実話系週刊誌の記者から引いてきたネタだ。記者はその映像を見たが、記事には出来ないという。書いたら最後、生涯城東連合に命を狙われることになるそうだ。

この話の証拠はどこにもない。

城東連合は、誕生して二十年になる。その輝ける二十年の歴史は、そのまま本職極道の衰退の歴史と重なる。草創期の幹部はいずれも四十歳を超え、そのほとんどが現在では闇社会の実業家に転出している。

城東連合の創設者で、いまなお裏ボスとして君臨する金子正雄は、この百発観光の最高顧問という役職に収まっている。彼の野望は、もはや風俗業の帝王では事足りず、芸能界、政界を操ることだという。

このクラブは、そのゲートウェイであることは間違いないだろう。

クリスティは、城東連合が百発観光に接近したとされる年にオープンしている。二年前のことだ。

叩けば、何でも出てきそうなクラブだった。

店の中央のダンスフロアは、満員電車状態だった。バブル期を彷彿とさせるお立ち台に、茶色のスカートスーツに、ピンクのスカーフを首から垂らした白人女が上がってヒップを揺すっている。巨尻だ。踊りがいかにも素人くさい。四十五歳ぐらい。

下からその光景を眺めていた相川は、逆にモデル系の美人よりも妙な生々しさを覚えた。ちょっとやってみたい。

「東欧か旧ソビエト圏の大使館の事務官、あるいは幹部の夫人だろうな。十五歳ぐらいまでは社会主義で育ったから、ディスコティークなんて頽廃した西側の文化と教わった遺伝子が、まだどこかに残っている」

気が付くと隣に同僚の岡崎雄三(おかざきゆうぞう)が立っていた。性安課創設メンバーの中で、この男だけが新宿(しんじゅく)七分署出身ではない。警視庁公安部外事課からの転属である。

「岡崎さんも、課長の指示で？」

「公安(ハム)もこの店に眼をつけているらしい。たぶんこの中のどこかにいる。俺が立っているということで、性安課(エロ)が内偵していることを、潜入員に知らせることが出来る」

相川は合点がいった。札幌の大通公園の事案で公安とバッティングしてしまったために『こっちはエロ捜査ですよ。テロ捜査とは無縁ですから』というサインを出すことにしたわけだ。

真木課長らしい戦略だ。

相川たちがこのクリスティで調べ上げたいのは、外国要人の弱みを握ろうと接近する娼婦たちである。城東連合は日本人や外国人、様々な人種を操って外国要人を籠絡(ろうらく)しようとするはずだ。

東京オリンピックに沸く来年の東京はいいチャンスである。春が来る前に、叩き潰しておかねばならない。

岡崎は、バーカウンターの方へと去っていった。どこかで見ている公安潜入員に相川たちを仲間だと報せるためだけに寄ってきたというわけだ。

「吉丘、見当がつくか？」

相川は里奈に聞いた。

「カウンター前の三人掛けソファ席で、脚の長い女と話している黒人。彼、たぶんかなりな地位にいる人物だと思います。目立たないようにしていますが、常に彼の方を見ているSP風の黒人が四人もいます。つかず離れずの警護体制ですね」

里奈が天井のステンドグラスを見上げながら言った。SPはSPを知る。

見やると、そこにグレーの光沢のあるスーツに黒のワイシャツを着たスキンヘッドの黒人と、紫色のワンピースを着た背の高い女が身体を密着させていた。女は日本人、そうでなければアジア系。この頃は外見で国籍を特定するのは難しい。

「他に日本人のVIPはいないか？」

相川は聞いた。

「ビッグな政界人はいないみたいですね。閣僚や政党要人クラスじゃないと警視庁はSPをつけませんが、名のある政治家だと民間の警備会社に委託しているケースが多いんですけど、それらしき人物はいませんね。かねてからクスリの噂がある女優やモデルは大勢いるみたいですが」

「そういう女たちも接待要員ということはある」

「みたいですね。クスリでコントロールされちゃっている」

里奈が、ふとソファ席の有名女優に眼をやった。三十路を超えたばかりの女優だ。ダンスエリアでもないのに立ち上がり激しくヒップを振っている。テレビでは絶対に見せない姿だ。たぶんキマっている。

「芸能人は薬物担当に任せよう。俺たちはシンプルに娼婦の素性調査だ」

相川は、里奈がＶＩＰと断定した黒人のソファに接近した。

「あの、相川先輩。最終的にチェックするためには、実際にやるのでしょうか」

里奈がやけに丁寧な口調で聞いてきた。

「業務挿入。やるけど？」

相川は普通に答えた。

「あの、女性刑事の場合はどうなんでしょう？」

顔を引きつらせている。

「囮捜査の場合、それ通常業務だけど」

なんてったって売春潜入捜査専門の性活安全課だ。

「今夜、私はやりませんよね」

「処女なんだから、もっと高く売れる場面じゃなきゃもったいないだろう」

相川は冗談っぽくいった。いや本当に冗談だ。

「いつかは、やるんでしょうか？」

「それは、俺が決めることじゃない。真木課長から、そういう作戦が下りた場合だ。基本は志願した場合のみだ」

真木課長が『やってきなさい』と命じたことは一度もない。自ら歌舞伎町のピンサロに潜入に行ったことはあるが。

「志願する女性刑事はいるんですか？」

「吉丘とニューオータニで出会ったときに俺の相勤者だった上原は、特攻隊のごとく敵陣に突っ込んでいく」

「あぁ、亜矢さん」

黒人のソファの近くに座った。それぞれひとり掛けソファに腰を下ろす。ダンスフロアより一段高い位置にあり、そこだけ暗がりになっていた。

ウエイターとウエイトレスが一緒にやって来た。どちらもモデル張りの美形だ。カップル客にもウリをかけるということらしい。

そもそもクラブはセルフの場合が多い。わざわざオーダーを取りに来るのは『顔見せ』ということだ。

小柄でアイドル顔の美女が、蠱惑的な視線を寄越しながら、オーダーを聞いてきた。内部のシステムを探るには、手を出してみるのもいいが、もうしばらく観察することにした。

「生ビールをくれ」

相川はここでもビールにした。

「お客さまは、いかがいたしましょう?」

彫りの深い顔立ちのウエイターが、熱い視線を里奈にくれている。

「私は、テキーラをお願います」

さんざん飲んだ上に今度はテキーラときた。

「テキーラサンライズでよろしいですか?」

ウエイターが、穏やかな調子で確認している。

「いえ、原液でお願いします。パトロンかクエルボのアネホをシャンパン用のロンググラスで」

しゃらんと言ってのけている。ウエイターはぎょっとした顔になった。

「……ショットグラスではなくてロンググラスにテキーラ・アネホですね」

こめかみに筋を浮かべながら、メモを取り引き下がった。

「銘柄まで指定するとはテキーラ通なんだな。アネホってどういう意味だ？」

呆れながらも聞いた。

「一年以上、木樽で熟成したものです。それがアネホ。六十日ぐらいしかしていないのがブランコです。ブランコは透明に近いテキーラ。早い話が、安物ですよ。アネホになるとウイスキーに近い黄金色になります。そのうえがエクストラアネホ。三年以上熟成させたものです」

「テキーラって麦とか葡萄じゃねぇよな」

無粋を承知で聞く。知らないんだからしょうがない。

「原料は植物です。アロエに似たものですよ」

「へぇ〜」

そうとしか答えられなかった。やたらと酒に詳しい。

「ちなみにウォッカの原料はなんだ？」

意外に周りの人間も知らないんじゃないか？

「だいたい麦とジャガイモです」

「そうなんだ。てか、吉丘、ウォッカの次にテキーラって、大丈夫かよ」

「ウォッカは強いものは九十度です。テキーラはその半分以下ですから。四十度は、チェイサーのようなものです。世間の人はテキーラをショットでやりますが、なんどもお代わりするのって、面倒だから私はシャンパングラスで貰います」

「それは、マジ強ぇいよ」

「だから、男に口説かれないんです。みんな先に潰れてしまいますから……」

里奈が俯いた。

すぐにテキーラと生ビールが運ばれてきた。

泡が立っていないやけに濃い色の酒がシャンパングラスに入っている様子は、なんだか禍々しく見える。

乾杯した。

里奈はぐっと呷る。にかっと笑う。本当にうまそうに飲む。酒を飲むほどに可愛いらしい顔になるから不思議だ。

「ジャン＝ポール、ここから手を入れてもいいわよ」

隣の三人掛けソファの方から女の声がした。

「紗絵子のことは札幌にも連れて行くよ」

ジャン＝ポールと呼ばれた黒人も日本語がうまい。

札幌という単語に、相川の耳が立った。

「私、あなたのためなら、一生懸命働くわよ。そのうちパリにも連れて行ってね。あんっ。もっと優しく弄(いじ)って」

――どこ触っているんだ？

真隣に座っている相川は、ふたりが何をしているのかよくわからない。里奈が身体を曲げて、相川に話しかけながら覗(のぞ)き込んできた。こうすると里奈から隣の席が見える。

「ジャン＝ポールが紗絵子という娘(こ)のワンピースの脇ファスナーを開けて、手を突っ込んでいます」

里奈が見ながら報告する。すぐに視線を戻す。

「どこら辺を触っているんだ？　太腿の奥か？」

突っ込んで聞いた。業務上の質問だ。

「腕が不自然に突っ張っています。たぶん女性の股間の基底部かと」

硬い表現で言っているが、ようするにアソコを弄っているということだ。里奈が顔を近づけて言ってくるので、傍目(はため)には仲の良いカップルに見えるだろう。ただしこの女の息は酒臭い。

紗絵子とジャン＝ポールの話し声が聞こえてきた。

「札幌ドームという決定は出ていないの？」

紗絵子が上擦った声で聞いている。

「まだだ。改造費用をどこが持つかで、日本の内部が揉めている」

これはジャン＝ポールの声だ。

「大通公園だと、ＶＩＰたちはどこで観戦することになるの？　あっ、マメを擦っちゃだめっ。それはホテルで……いまは穴にインして」

——ほほう。

耳が大きくなる気がした。思わずジャン＝ポールがひと差し指を秘孔に挿入する様子を妄想する。

目の前のダンスフロアでも、ボディタッチしている男女が増えてきた。

「テレビ塔とかにＶＩＰ席を設けるとか、そんなところだろうな」

「まさか。野外にスタンドを組むとかって話にならないでしょうね」

「さぁね」

「あんっ。親指、入れちゃうなんて。んんんんっ、太いっ」

しばらく卑猥な音だけが聞こえてきた。ある意味、堂々とした痴漢行為だ。騒然としているクラブの一隅で密かに女の秘部を弄るのは、男の願望のひとつだ。

「SPも見ているのか？」

そう訊くと、里奈が首を回した。肩が凝ったという風にだ。

「四人とも、しっかり見ています」

「SPとしてそういう状態を監視し続けるときというのは、どういう心境なんだ？」

「平静ですよ。エッチな気分になることはありません。マルタイの命をまもっているんですから」

「そういうものか」

「あっ、ジャン＝ポールが指を抜きました」

里奈が顔を顰めた。

「濡れているか？」

確認すると、里奈はこっくりと頷いた。

「ハンカチを出して、親指を拭いています。太くて長い親指です」

答えながらテキーラをごくごくと飲んだ。あっという間に、シャンパングラスが空く。里奈は先ほどのウエイターに、カラのグラスを突き上げて見せた。ウエイターが頷き、すぐにカウンターへ走る。

「やだ、ジャン＝ポールが、私に親指を突き立てている」

里奈に興味を持ったようだ。それはチャンスだ。

「あいつに愛嬌を振りまいて、紗絵子から切り離してくれないか」

相川は囁いた。

「えっ」

「その間に、俺が紗絵子にコネをつける」

「私、やりませんよ。ファスナーも下げませんよ」

里奈がジャン＝ポールに、微笑みながら相川にだけ聞こえるボリュームで言った。

「会話だけすればいい」

「わかりました」

ちょうどそこに二杯目のテキーラが来た。

「一緒に飲みましょう」

振り向くとジャン＝ポールが相川にもそう言った。

相川が立ち上がるとウエイターが数人すぐに飛んできて、相川と里奈のソファの向きを変えた。四人で飲んでいる格好になる。互いに名前だけ伝えあった。

ふたりのフルネームは、ジャン＝ポール・オズモンドと有本(ありもと)紗絵子。さっそく、シークレットウォッチのマイクをオンにした。

ジャン＝ポールはアバウト四十五歳。紗絵子は二十五歳。それぐらいに見えた。

4

紗絵子の目がとろんとしている。ジャン＝ポールと相川の顔を見てさかんに唇を舐(な)めていた。

「里奈、踊らないか？」

ジャン＝ポールが、すぐに手を伸ばした。

「まずはお酒飲みましょうよ。もっと酔ってからじゃないと、私、恥ずかしくて踊れない」

里奈が上手(うま)い逃げ方を見せている。ジャンジャン飲んでくれ。

「だったら、紗絵子と将太が踊ってくればいい」

親しみを込めて、ファーストネームで呼んでくれたが、ようするに、紗絵子と相川は邪魔だということだ。

相川としても紗絵子に近づきたい。ここは里奈の自己責任で頑張ってもらうしかない。だが紗絵子は、ＯＫなのか？

「僕は、かまいませんが」

紗絵子の方を向いていった。

「ありがとう。私、少し動かないと、ちょっと酔ってきたみたい」

紗絵子が立ち上がった。身長は相川と同じぐらいあった。ダンスエリアの中央にまで連れて行かれた。相川は、耳を劈くような爆音と周囲の激しい動きに圧倒された。ユーロビートを基調にしているが、幾重にも音が重なっている。ところどころで爆発するような効果音が飛び込み、同時にフラッシュライトが焚かれる仕組みだ。否が応でも客は浮遊感を掻き立てられる。

「将太さん、踊りうまいね」

紗絵子が眼を瞠った。予想外だったらしい。相川には踊りの素養がない。だが、武道学部とはいえそこは体育大学の出身者だ。周囲の踊り方を見ればすぐに同じ動きを真似ることが出来る。いまなお刑事として体幹は鍛えてあるので、ぱっと見はそれなりにごまかせるのだ。

「私、完璧に塗られたみたい」

紗絵子が腕や胸板に豊満なバストを押し付けてきた。

「塗られた？」

相川は、腰を振りながら答えた。人垣の中にいるので、この格好を里奈に見られることがないのだけが救いだ。

「ＭＤＭＡ（エクスタシー）のクリームタイプ。ジャン＝ポールが指に塗っていたんだと思う。あそこにべったり塗られた」

「それって、どうなるんだ？」

腰を振りながら聞いた。

「やりたくてしょうがなくなる。かなり来ている。触りたくなってきた」

紗絵子は踊りながら、ワンピースの上から股間に手のひらを這（は）わせた。踊っているからよくわからないが、ストリッパーのオナニーダンスみたいだ。

「まじかよ」

「将太さんの連れも、きっと塗られるわよ。飲み物に入れられるかもしれない。まぁ、ここじゃ普通だけど」

それはやばすぎる。相川は、とりあえず席に戻ろうとした。

「ちょっと、私を放置しないでよ」

紗絵子に腕を掴まれた。ややこしいことになった。

「まずは席に戻ろう」

ダンスフロアの人垣をかき分け、ソファ席へと向かった。紗絵子がピタリと身体を密着させてついてくる。

里奈は背筋を伸ばして、テキーラを飲んでいた。ジャン＝ポールの方がぐったりとしていた。

――どうした？

目の前に、空になったシャンパングラスが置かれままになっている。相川は、紗絵子をいったん振り切って里奈のもとに進んだ。

「いや、ジャン＝ポールが勝手に私のテキーラをシャンパンと勘違いして一気飲みしたのよ。大丈夫、彼のSPは、最初に私が飲んでいたのを見届けているから、動かずに見張っているだけ。この人、ＩＯＣと国際陸連の間を繋いでいるロビイストみたいよ。コートジボアールの高官でもあるみたい」

「女をエロモードにさせるクスリを使うらしいから気をつけろよ」

「いまのところ私は平気です。いや、処女でもエロい気持ちなるときは、ちゃんとなります」

「いちいち処女だと付け加えなくてもいいから。なら、俺は紗絵子ちゃんとちょっと話してくる」

「話すだけですか？」

里奈が疑うような視線を寄越した。

「あたりまえだ」

すぐに紗絵子の元に戻った。

「外の空気が吸いたいわ。少し覚めるかも」

「わかった」

紗絵子と肩を組み、もつれ合いながらエントランスへと向かった。一時外出のスタンプを手首に押してもらいビルの廊下に出た。

「こっち」

紗絵子が非常用の鉄扉を開け、外階段へと出た。真正面にライトアップされた東京タワーが見える。夜景は美しいが、空気は冷たい。

「屋上に行こうよ」

突然ため語で言われた。

「寒くねぇか」

「すぐに暖かくなるよ」

ワンピースの裾をほんの少し摘まみ、紗絵子が階段を上がっていく。仕方なく相川も続いた。金網のフェンスに囲まれた屋上に出た。当然暗闇だったが、周囲のネオンの煌めきのせいで、なんとなく足元は確認できた。

「ぁあぁん。気持ち良すぎる……」

奥の方から女の喘ぎ声が聞こえてきた。相川は、驚いて身体を震わせた。

「ここ、真夜中はやり場なのよ。たぶん、もう三組ぐらいいる。外国人のプロは、外でも平気だから」

紗絵子が金網に両手を突きながら言う。

「紗絵子ちゃんは、プロじゃないのか?」

「話はいいからスカート捲ってよ」

尻を振り立てられた。

仕事だし……、相川はワンピースの裾を捲り上げた。暗闇に鮮やかな白い生尻が浮かんだ。

「ノーパンすか?」

思わず間抜けな声を上げた。

「穿いていないから、そこにべったり塗られたのよ。早く挿し込んでちょうだい」

相川は急いでファスナーを下ろし、肉茎を取り出した。まだ半勃起だった。紗絵子がリレー走でバトンを受け取るように、右手を後ろに回して肉茎を握ってくれた。温かな手だった。そのまま軽く腕を振る。

——おぉ。

脳内の快楽アドレナリンが一気に沸騰し、同時に肉槍がむくむくと硬直した。

「かちんこちんね。モヤモヤを飛ばしたいから、一気にやって」

とりあえず挿し込んだ。嵩張った鰓が、柔らかい膣肉を抉りながら、奥へ奥へと侵入する。ぬるぬるとして気持ちよかった。最後に子宮をドスンと叩いて、そこから一気に引き上げる。剣道のメーンの要領だ。中腹まで引き上げ、そこで、もう一発、打ち込む。

「あぁああ、凄くいいいぃっ」

紗絵子がフェンスに頭突きした。

「やりながらなんだけど、さっきの札幌の話、あれなんだ？　ドームにしないと困るとか……」

相川としては亀頭があまり重くならないうちに、聞き取りをしておきたかった。

「えっ、聞いていたの？　あなた何者？」

「個人投資家だ。実をいうと札幌に投資しようとしている」

「そういうこと」

「儲けに繋がる話なら、情報料として報酬を払ってもいい」

「いかほど？」

紗絵子が肉路をきゅっと締めた。

「内容によるさ。そっちも軽々しくは言えないだろうから、ヒントでいい」

すぱーんと大きく突いてやる。

「あんっ。札幌ドームの方が、私たちは稼ぎやすいということよ。大通公園にスタンドなんか作られても、仕事ができないわ」

「どういう意味だ」

「察してよ」

さすがに、みずから娼婦だとは名乗らない。

「いまは、星空の下でやっているじゃないか？」

「これは、プライベート。っていうか、あなたは何に投資しようとしているの？」

紗絵子が顔だけこちらに向けた。蕩(とろ)けた顔に変わりはなかった。おそらく相当混乱している。でたらめを吹き込むならいまだ。

「大通公園周辺のマンションを買い取ろうと思っている。それとススキノのソープやキャバクラで改装や拡張に困っているところに資金を提供して、経営に参加したい」

真木課長、松重主任が練り上げたフェイク情報を差し出した。

「オリンピックのマラソンなんて数日だけのことじゃない。それなのに投資するの？」

紗絵子も尻を打ち返してきた。納得がいかないという返しだ。

「札幌は去年、冬季オリンピックへの立候補を断念した。政府が説得したんだ。その代わりにカジノの候補地としては優先されるという裏情報がある。十年後にはススキノがカジノタウンになる」

まったくのでたらめだ。だが、この一言で、紗絵子の膣は一気に窄(すぼ)まった。間違いなく上に伝わる。

「札幌ドームに決まらないと、せっかく札幌にまわしたのに、お金にならない人たちがいるっていうことよ。建設関係者とか、旅行代理店とか。だからいろんな団体に札幌ドームで開催するように働きかけている。あんっ、もっともっと激しく突いてよ。ジャン＝ポールは国際陸上競技連盟を通してＩＯＣに言わせようとしているの」

「紗絵子ちゃんへの依頼主はこのクラブの経営陣かよ？」

言葉と亀頭で核心を突いた。

「その上が、どこなのかは知らないけどね……。とにかくオリンピックはうちらとしても大きな縄張り争いになるの」

大体想像がついた。これ以上は詰めない方がいい。

「わかった。あんたの仕事にはこれ以上立ち入らない」

そのまま腰を振りまくった。

「あぁあああ、昇くっ」

紗絵子がひときわ甲高い声を上げた。相川もしぶいた。東京タワーがぐらりと揺れたように見えた。

クリスティの店内に戻ると、紗絵子は新しいパンツを穿くと言ってトイレに向かった。相川は、里奈たちのいる席に帰った。

「どうした？」

思わず里奈に聞いた。ジャン＝ポールがソファに背中を預けたまま、熟睡していた。完全に落ちている。

「さっき一度起きたんですけど、今度は私のウォッカを水と間違えて飲んじゃいました。透明だからといって水とは限らないんですけどね」

里奈が自分のせいではないといいたげに、口を尖(とが)らせた。

——この女、テキーラの後にまたウォッカを頼みやがったのか？

「まぁいい。今夜は、もう引き上げるぞ」

「わかりました」

店を出た。エレベーターが一階に到着するなり、里奈が言った。

「先輩、エッチはしなかったんですね」

「はい？」

「それ」

股間を指さされた。射精したばかりなのにまだ勃起していた。まいった。紗絵子の秘孔で擦ったので、クリーム状のMDMA(エクスタシー)が自分の肉棹にも付着してしまったらしい。

たしかに脳もぼんやりしている。たったいま射精したばかりだというのに、気分がエロいままだ。

蕩けた視線を里奈に向けてしまった。

「私、やりませんよ。絶対にやりませんよ」

里奈が身構えた。両手でスカートの股間を押さえている。

それはそうだ。

「自制心は持っている」

懸命に正気を保ち、そう答えた。ぱんぱんに股間が張ってきた。

「朝まで、飲むなら付き合いますけど」

酔いつぶれてしまうのが一番よさそうだ。

「ウォッカとテキーラをしこたま飲みたい」

「はいっ。その二種類の酒がたっぷり揃っている地獄バーにご案内します」

酒臭い女が、眼を輝かせて先を歩き出した。

――おまえなんか、やられちまえぇ！

相川は胸底でそう毒づきながら、後に続いた。

第三章　ピンク・エスピオナージ

1

今日から十二月だった。

室内の澄んだ空気に、紅茶の香りがとても馴染(なじ)んでいる。

窓外に見える皇居の上空に霧がかかっていた。なんとなくロンドンっぽい。

【大通り公園　ピンクの林檎　三個】

ローテーブルの上にそのメモを置いたまま、真木洋子はウェッジウッド製のティーカップを手に取り、アールグレイを一口飲んだ。冬の紅茶は美味(おい)しい。

ローテーブルを挟んだ向かい側で警備部警護課、課長の明田真子が、さかんに脚を組み替えている。考え込んでいる時の彼女の癖だ。女同士だからいいものの、脚を組み替えるたびに黒のパンストの奥が見える。

「普通に考えれば、テロの符牒でしょう。そうじゃなきゃただのジョーク」

同期のキャリアだ。独身同士。

　副総監応接室だ。

　副総監岸部徳郎は、まだ幹部会議に出席している。この符牒メモに関する緊急幹部会議だ。刑事部、組織犯罪対策部、公安部、生活安全部、警備部、交通部、地域部の全部長が集められている。

　洋子と真子は、副総監にこの応接室で待機するように命じられていた。

「やっぱりピンクの林檎は、爆弾っていう意味かしら」

「そう見るのが普通でしょう」

真子がウォーカーのビスケットを齧った。だが、どうも腑に落ちない。それでは単純すぎるのだ。

　壁に歴代総監の写真が飾ってあった。

　警視庁の生みの親というべき大警視川路利良の額縁が正面に据えられている。垂れこめる光に眼が輝いて見えた。

真子に、なにげに呟いた。

「川路のキンタマ」

真子がいきなり口からビスケットの粉を吹いた。

「あのね、いきなりキンタマとか言わないで」

「あら、ごめん。うちの課では普通に使うから。でも、大警視、なんでそういわれるようになったんだっけ？」

正式に警視総監と呼称されるようになったのは、三人目のトップで樺山資紀が在任中のときだ。

だが警視庁では、この樺山を初代警視総監とは呼ばない。

あくまでも第三代という表現である。

初代は川路利良。二代目は大山巌とされる。共に在任中は大警視と呼ばれていた。

現在の警視総監は九十五代目だ。

比較するのもなんだが大相撲の横綱は、最も新しい稀勢の里が七十二代目で、警視総監のほうが、それより多い。

今年で五十二歳になる副総監の岸部は、九十六代目の警視総監を狙っている。手柄が欲しくてうずうずしているともっぱらの評判だ。

口元をハンカチで拭き、紅茶を飲んで喉を整えた真子が、おもむろに口を開いた。

「川路大警視はね。戊辰戦争の時に銃弾が股間に当たったんだけど、あの、なんていうの……お稲荷さんの皮みたいな部分……」

真子が、眉間に皺を寄せ言い淀んだ。

「キンタマ袋のこと？」

「そうそうそのキンタマ袋にだけ当たって、睾丸そのものには当たらなかったために、大事に至らなかったんだって。もしキンタマが縮みあがっていたら、命中したかもしれないけれど、大警視は敵の弾が飛んできても平常心を保っていたから、皮だけで済んだという武勇伝よ」

開き直ったようにキンタマを連発しだした。

「警視庁というところは創設のころから下ネタが好きだったのね」

「川路大警視には、ウンコ投げの話もあるって知っている？」

真子が、ポットの紅茶を二人分注ぎながら笑みを浮かべた。

「なにそれ」

「西郷隆盛に命じられて、パリに都市警察の在り方を視察に行ったときの話よ。私の口からは言いにくいからネットで調べて。『日本警察の父　ウンコ投げ』でたぶんヒットする」

「どれどれ」

洋子は、スマホを取り出し『日本警察の父　ウンコ投げ』を検索した。一発で出てきた。

「うわぁ～。声に出して読めない」

だが、内容はすこぶる面白い。明治の豪傑らしい話だ。

「でしょっ」

という無駄話の花を咲かせ終わり、洋子は本題に戻った。

「テロにしては、この符牒、ダイレクトすぎると思うのよ。性安課の感覚で言うと、これエロだと思うの」

「テロじゃなくエロ？　どうしてそう思うのよ」

真子が小首を傾げた。

「援助交際とか無登録デリヘル業者の街頭待ち合わせの符牒って感じでもあるわ」

【大通り公園　ピンクの林檎　三個】

真子がティーカップを持ちながら、もう一度ローテーブルの上のメモを眺めた。

「洋子、これってひょっとして3P用？」

「そう、私の部署の見方なら女性ふたり、とも読めるの」

洋子は、おそらく松重ならそう読むだろうと感じた。松重は、札幌から戻った直後に風邪を引いて、三日ほど寝込んだ。何せ、真っ裸で雪空を舞ったのだからやむを得ない。

そのとき応接室の扉が開き、副総監が入ってきた。頭頂部がすっかり禿げ上がった一重瞼の岸部徳郎だ。濃紺の制服であった。

「たぶん、真木君の推測で当たりだ。たったいま幹部会議で所轄の署長から報告を受けた」

ひとり掛けソファに、どかっと腰を下ろしながら、両耳からイヤフォンを外した。

洋子は眉根を吊り上げた。

「副総監、私たちの会話、盗聴していたんですか？」

「ここは俺の応接室だ。聞いていて当然だろう。会議中に、キンタマとかウンコって声が耳の中に響いて、肝を冷やした。隣に総監が座っていたんだぞ。頼むよ」

岸部がそういい、ビスケットの山に手を伸ばした。真子がすかさず、脇に置いていたティーカップに紅茶を注ぐ。

「マイクはどこにあるのでしょうか？」

洋子は聞いた。

「そんなこと教えるわけないだろう」

岸部が、細い眼の奥を光らせた。

――それもそうだ。

と思いつつも、洋子は川路大警視の額縁を見上げた。光っていた。やっぱりあれだ。

「幹部会議ではどのようなことが？」

真子が紅茶の注がれたティーカップを差し出しながら聞いた。

「六本木のファイブサークルで殴り飛ばされた白人はセルゲイ・グロムイコ、四十歳だ。クリスタルガラスの輸入販売会社を日本で経営している。現在の国籍はチェコだが、元はロシア人だ。ロシアと東欧各国からやってくる女の身元引受人になっている。真木君は、この意味はわかるよな」

言い終わらないうちに、岸部が再びビスケットに手を伸ばした。円形のチョコチップをまぶしたものだ。

「娼婦（しょうふ）の受け入れ元ですね」

「そういうことだ」

岸部はビスケットの粉末を襟章や胸ポケットの上にばらまきながら、セルゲイをいかにして特定したかを説明してくれた。

所轄の地域課が、ファイブサークルに当たり防犯カメラの画像を入手した。続いて警視庁の地域部と交通部が連携して、セルゲイの足取りを防犯カメラとNシステムの画像をたどって追った。

かつては地取りやかん取りで一週間かかった捜査が、現在は首都圏に張り巡らされた各種カメラやタクシーのドライブレコーダーによって、いとも簡単に割り出せる。裏を返せば、ほとんどの個人が、追跡されるということでもある。

結果、彼の日本国内での住処が、地下鉄銀座線田原町付近のファミリーマンション『パフューム横綱』と判明した。

浅草東署からの報告で、同マンションには、多数の東欧系女性が住んでいることもわかった。

「タイ人と思われる方は？」

洋子は聞いた。すでに割れているはずだ。

「タワンタイ錦戸。大阪生まれのタイ人だ。六本木に住んでいるフリーのポン引きだが、所轄の組対課によれば大紋興行がケツ持ちについているそうだ」

大紋興行は、かつての六闘会。五年前、組は解散して芸能興業会社に衣替えしている。

「つまりアジア系娼婦の手配師ってことですね」

洋子がそう答えると、真子が膝を叩いた。

「な～んだ。東欧系とアジア系の娼婦の縄張り争いだったんだ。とすると東欧系の手配師であるセルゲイは、六本木に進出しようとしてタワンタイ錦戸にパンチをもらったってわけですね」

それは確かにそうだろう。

「では、うちの吉丘のパンストの中に隠したこのメモは？」

洋子は、ローテーブルの上に置いたままのメモを指さした。

【大通り公園　ピンクの林檎　三個】

「このメモはパンストの中にあったのか？」

ビスケットと紅茶を交互に口に運んでいた岸部が、メモを取って、鼻の前に持っていった。鼻孔が開いている。

「副総監、パンティの中に入っていたわけではありません。パンストの内側です。匂いを嗅いでどうするんですか」

あえて陰毛の上のあたりにあったとは言わなかった。

「俺は、女の匂いを探しているんじゃない。ここにあるクッキーとは別の菓子の匂いがするんだ。この紙を鑑識に回してくれ。何かヒントになることが隠されているかもしれない」

岸部が、とんだ濡(ぬ)れ衣(ぎぬ)だと言わんばかりに、腕で鼻孔のあたりを擦(こす)った。副総監が一切酒をやらず大の菓子好きであることを思い出した。

「すみませんでした。すぐに鑑識に回します」

「明田君の方は、道警と連絡をとって札幌ドームを警備する場合のプランを立ててもらえないか？」

「警視庁が、札幌ドームの警備プランを立てるのですか？」

真子が眼を丸くした。

「警視庁という立場ではなく、警察庁警備局の立場で動いてくれ。岩野長官から発令を出してもらう」

「ということは、五輪のマラソンのスタート＆ゴールはやはり札幌ドームに」

洋子が口を挟んだ。

「いや、それはまだ決定ではない。費用の裏付けが出来るまで白紙だ。現時点では道警は大通公園の場合のシミュレーションにおおわらわだ。広いが屋内ということであれば、警視庁が主体となって、警備プランを立てることもできるだろう」

要するに、東京ドームも札幌ドームも同じだろう、と言いたいらしい。

真子が食らいついた。

「公安(ハム)と組対(マルボウ)からはどこまで情報を出してもらえるんでしょう？　我々としては、『どんなVIPを誰から守ればよいのか』ということが明確でなければ、対応策がとれません。それに、ほぼ同じ時期に行われる国立競技場での閉会式にも人を割かなければなりません」

「テロリストの狙いはそこじゃないか、というのが犯罪抑止部分析課の意見だ」

岸部が洋子の方を向いた。犯罪抑止部分析課は、洋子の古巣である。つまりこの場合は、テロリストが東京オリンピックをマトにかけたらどんな作戦をとるかということを、過去のデータから導き出し提案したということだ。まったくの机上論チームで、その提案があてにならないことは、分析官と現場の性安課課長の双方を務めた洋子には十分わかっていた。

ただ、いまの副総監の一言で、わかったことがある。

「マラソンの札幌開催案が決定したことで、すでに何らかの工作が始められているということですね」

洋子がそういうと、岸部は小さく顎を引いた。

「公安もそうみているが、迂闊（うかつ）なことは言えない。いわゆるオリンピック族議員がさまざまな思惑で動いているが、探りようがない」

オリンピック族議員とは、単に各種スポーツ団体の利益代表を担っている国会議員たちだけではない。誘致や建設、果ては、グッズの販売業者や警備会社の選定にまで、様々な議員がオリンピック利権に口を挟んでくる。行政の担当機関もまたこれらの議員とつるんで、自分たちに都合の良い方向へと運ぼうとする。そこには各省や都庁の思惑まで絡んでくる。

「探りようがないから、副総監は私たちを動かそうと？」

洋子が先回りして口を開いた。

「そういうことだ。何かを企（たくら）んでいる組織は、諜報（ちょうほう）、工作活動の中に必ずと言っていいほど色仕掛けを混ぜてくる。ファイブサークルで東欧系がアジア系の縄張りに割り込もうとしたのも、クラブクリスティにたむろする女たちが、外国人ロビイストに接触を図ろうとしているのも、どうも気になる。城東連合が政治団体と接触していないとも限らないだろう。そこらへんを性安課で当たって欲しい。公安（ハム）も組体（マルボウ）も監視は出来るが、動けば相手に悟られる。性安（エロたん）は、相手にとってわかりにくい」

岸部がにやりと笑ってみせた。

ＳＰを仕切る真子もにやりと笑った。

「ということは、私たちは、単に札幌ドーム警備のプランを立てるということではありませんね？」

「察しがいい。警護課が札幌ドームの視察というだけで、くらいついてくる大物議員や都庁幹部がいるはずだ」

真子がぐっと太腿(ふともも)をくっつけた。この女はＴ大時代から、気合が入るとすぐに寄せマンをする癖がある。太腿を思い切り寄せて肉芽を刺激するのだ。

「それだけでもないでしょう」

真子の瞳が、一段と艶(なま)めかしくなった。その視線を岸部に向ける。

「ＳＰは、常に重要人物の傍(そば)にいる。オリンピック絡み、とくにマラソンの札幌開催に関する大物の情報を収集してくれ」

岸部が、顎を撫(な)でながら言う。これは極秘中の極秘のミッションということになる。重要人物の身辺警護をするＳＰが情報収集に回るというのは、言ってみれば反則もいいところだ。

「わかりました。ですがＳＰの配置は限られています。一般の議員までは及びません」

真子が、上下の唇を舐めた。昔から、緊張が高まるほどに、表情や仕草がエロくなる女だ。特にこの唇を舐める様子は、女から見てもエロい。

「現在は平議員でも、総理経験者には警備局長の判断でＳＰがつけられているね」

「もちろんです。引退して私人になっても、目立った行動をしている総理経験者にはＳＰが付いたままです」

百歳を超えても、政界への影響力の強さから、ＳＰがつけられたままの元総理もいたほどだ。

「そうした方のところに意外に情報は集まるものだ」

副総監は、そう言って立ち上がった。

「わかりました。私たち同期で手を組んでやってみます」

洋子が言った。

「きみたち何年入庁だっけ？」

「平成十九年です。入庁十三年目になります」

今度は真子が言った。

「どちらも警視正だな」

「はい」

「はい」

ふたりで声を合わせた。

警視正は警察官の階級で、警視総監、警視監、警視長に次ぐ第四位だ。

「これからの十五年が楽しみだな。せいぜい勲章を増やしておくことだ。早晩、警察庁も警視庁も女性がトップになる時代が来るだろう」

そう言って岸部が執務室へとつながる木製扉を開けた。その顔には『俺が先だけど』と書いてあった。

洋子は真子と一緒に農林水産省の職員食堂に、行くことにした。霞が関一、美味しい定食屋だ。そこでコラボの仕方を検討することにした。

2

午後八時だった。

東京都庁東京オリンピック・パラリンピック広報推進室の職員、三田祐輔(みたゆうすけ)は、西新宿の老舗(しにせ)高層ホテルの最上階のバーに入った。全面ガラスの窓に沿った通路を進み、一番奥まった席に向かった。

待ち合わせの相手はすでに到着していた。

道畑カレン。広告代理店『マンハッタン・エージェンシー』日本支社に勤務する日系アメリカ人だ。

マンハッタン・エージェンシーは、小規模企業ながら優秀なマーケティング戦略を提供する会社として米国内では一定の評価があった。日本支社を設立したのは、四年前だ。

都のPR動画の仕事で、数度の企画競合に打ち勝ち、二年前から随意契約の一社となっている。

オリンピックに向けてどんどん変貌していく東京のありさまを報道特集風にレポートするPR動画を多数制作してもらっていた。

三田が都庁のPR動画発注担当者で、カレンが受注側のプロデューサーという立場上、これまでも何度も打ち合わせや撮影現場で顔を合わせていた。

三田はカレンと会うのが楽しみだった。

二十八歳のカレンは背が高く美貌の持ち主であったが、それ以上に仕草がセクシーなのが魅力だった。

外資系広告代理店の制作プロデューサーでなおかつ米国籍ということもあってか、そもそも来庁する際の服装も大胆なものが多いのだ。太腿が見えるスリットが入ったタイトスカートや、胸元が大きく開いたドレスシャツを平気で着てくる。

打ち合わせ中に上下の下着がのぞけるのは年中だ。

三田の密かな楽しみだった。

本来ならば、室長クラスが窓口になるべきところを、平職員の三田が任されているのは、実のところこのカレンのセクシーさにあった。都庁では比較的華やかなオリンピック広報推進室と言えども役人は何よりも目立たぬことを旨とする。男としては興味津々であっても、危うい女には関わり合いたくないというのが本音だ。三田も、胸底では「パンツが見えた！」とガッツポーズをしても、それを顔に出すようなことは決してしなかった。

三日前、そのカレンから、新規企画のプレゼンのために、一度都庁外で会いたいという連絡を受けた。業者と個別に会うことは公務員としてリスクがある。迷ったが、申し出を受けることにした。

彼女が好きだった。

カレンの前にはシャンパングラスが置いてあった。ピンク色の液体の底からいくつもの泡が上がっている。黒のワンピースを着ている。黒と言っても地味なリクルート系ではなく光沢のあるシックでセクシーなワンピースだ。しかも真冬なのにノースリーブだった。

「てっきり、一階のカフェテラスだとばかり思っていたので驚いた。木っ端役人なので、こうしたバーは慣れていないよ」

照れ隠しもあってぶっきらぼうに伝えた。

それでも椅子に腰かけるなり汗がどっと出てきた。暑いのではない、慣れないスノッブな場所と、目の前の美しい女を見ているだけで緊張してしまい、体温が上がってしまったのだ。三田は、共済会のセールで購入した合成皮革のバッグから、公務員らしい白のハンカチを出して額を拭った。

「カフェテラスはこの時間、ビュッフェでしょう。うろうろしているお客さんが多くて、落ち着いてお話が出来ませんもの。三田さん、何かとってください。私はクラブハウスサンドイッチにしました」

カレンは傍らにあったメニューを差し出してきた。

――いったいいくらするんだ？

三田は、メニューを開き『軽食』に視線を走らせた。

クラブハウスサンドイッチが二千五百円、ビーフハンバーガーはさらに高く三千円だ。三田の呼吸は荒くなった。行きつけのファミレスなら、この価格で、イタリアンのフルコースが食える。

三十八歳、自分は、いわゆるロスジェネ世代だ。

都庁職員になれたのはまさに強運でしかないと思っている。

同時に、これで人生すべての運を使い果たしてしまったのではという思いにかられ、入庁後は日々倹約に勤しんでいる。

いかに好景気だと騒がれても、三田としては、いつかあの時代に戻るのではないかという恐怖心がある。それがこの世代の特徴だ。いまだに就職すら出来ずに自宅に引きこもっている同窓生が大勢いるのだ。当然である。

「僕は生ビールとピーナッツでいいよ」

三田は元気よく言った。ピーナッツ盛り合わせが千二百円というのも気絶したくなる値段だ。

「お勘定のことなら気にしないでください。当社の経費で払います。ステーキサンドとかどうですか？」

カレンは肩に垂れたマロンブラウンの髪の毛を掻き上げながらいう。蠱惑的な仕草だ。すぐに血走った視線をメニューに走らせた。

ビーフステーキサンド七千円＋税。

目を疑った。

税の部分だけで一食済ませることが出来る。背筋が凍り、一気に体温が下がる。

「うわっ」

と、叫び、情けないことに、周りの客が跳びはねるほど大きなくしゃみをした。

「大丈夫ですか？」

カレンは目を細めた。東京―ニューヨークを行き来する映像プロデューサーだ。七千円のステーキサンドで震える男など、ドン引きの対象でしかないだろう。

「ミックスサンドイッチで結構です」

鼻をかみ終え、開き直って答えた。

結局千七百円のミックスサンドだ。公務員はなにかと折衷案に落ち着かせる習性がある。三田も平均値、中央値という言葉が大好きだ。

「わかりました」

カレンが手を挙げてウエイターを呼び、オーダーを伝えた。

「あの、自分の分は払います。都庁職員として打ち合わせに来ているので、取引のある民間企業の方から饗応を受けることは憚られます」

三田は、カッコ悪いと思いながらもそう伝えた。

「恋人同士なら、問題ないんでしょう。たまには彼女の方が払うっていう設定とか。そういうことにしましょうよ」

カレンが軽くウインクして、そう言った。

三田の胸は締め付けられ、身体中の血が沸騰した。かねてより憧れていた女性にそんなことを言われたのだ、舞い上がるなという方が無理がある。この時点で、三田はほとんど死にかけていた。

「あの、新規の提案ってなんだよ」

辛うじて上から目線で言っていたが、心はすでに下僕だった。

「札幌のマラソンコースを早めにアピールしましょうよ。起点から折り返し地点、そしてゴールまでのすべての道順。それを映像化して世界に配信するんです」

カレンが特徴のある大きな瞳を輝かせて言った。そこにビールとサンドイッチの皿がふたつ運ばれてきた。とりあえず乾杯してから答えた。

「おいおい、コースなんてまだ決定していないぞ……。それにその動画を制作する費用なんて予算化されてない」

すでに同じことを東京で予定していたコースで撮影してしまったのだ。どれだけ路面の温度対策に苦心したかなども、世界に向けてアピールしたつもりだった。それが、一瞬にして霧消してしまったのだ。

「費用は、当社が負担します。むしろアスリートにとっては札幌は危険ということを世界に向けてアピールすべきです」

カレンがにやりと笑って言う。

「それは札幌が嫌がるだろう。札幌開催はすでに決定済みだ。東京に戻ることはもはやありえない。残された問題は発着地点をどこにするかだけだよ。札幌ドームか大通公園か。だが、札幌ドームを使用するには、改築工事の費用と工期の面でとうてい間に合わない。おなじ地方公務員としてそれは読める」

十二月に入ったというのに、ＩＯＣはまだ正式発表をしていない。

だが、札幌ドームにするには、もはや時間が足りなさ過ぎた。

札幌は三月まで雪に包まれたままだ。安全に工事をするためには三月以降の着工となる。

だが、三月以降も、札幌ドームにおけるプロ野球、Ｊリーグサッカーのスケジュールは目白押しだ。工事なんて無理だ。

年内に発着点は大通公園で、正式発表するはずだ。

「しかし、大通公園発着にしても、おそらく北海道マラソンのコースをそのまま使用することになりますよね。そうすると、ビルの多い東京と異なり、日よけのないコースが延々と続くことになり、アスリートは直射日光にさらされ続ける。そこを知らせるべきです」

「実証済みなのか？」

「過去の北海道マラソンの映像を丹念にチェックしました。過去に走ったことのあるアスリートの意見も聞いています。左右に草原の拡(ひろ)がる地帯が長いです」

「いや、北海道マラソンのコースをそのまま使うとは限らない」

言って、三田はしまったと思った。最重要機密だ。ＪＯＣと日本陸上競技連盟が、現在ＩＯＣに対して大詰めの交渉をしている。新コースの提案だ。

「それ、間違いありませんか？」

カレンがテーブルの向こう側から顔を近づけてきた。甘い香りが匂った。

「いやいやいや、確実なことは、俺のレベルでなんかわからないよ」

「調べられませんか？」

ドキリとするほど真剣な眼差(まなざ)しを向けられた。危険な香りだ。やはり公務員としてこれ以上、近づいてはならない相手だと直感した。

「ちょっと手洗いに行ってくる」

三田はそう言って席を立った。クールになる必要があった。バーのレジに向かい、まず支払いを済ませた。カレンの分も含めて二人分だ。クレジットカードで払った。ちょっとした恋心が、えらい出費となって跳ね返っていた。二週間分のランチ代に匹敵する。

それから洗面所に入り顔を洗った。洗いながら席に戻ったら言うべきセリフと室長への報告を考えた。場合によっては、マンハッタン・エージェンシーを随意契約会社から外すことも考慮せねばなるまい。

その場合、上司に、道畑カレンと共に食事をしたことも話さねばならないことになる。三田は、顔がかっと火照るのを感じた。

——左遷、だな。

だが、いまなら、まだ引き戻せる。

そこまで肚を括って、三田はカレンのいる席に戻った。

「待たせてすまなかった」

一息ついてから続けた。

「札幌のコースのことだが、俺には無理だよ。それに動画のことは、やはり都庁が主体になるべきことじゃない。北海道庁にこの事案のプロジェクトが出来たはずだ。マンハッタン・エージェンシーは、そっちに当たるべきじゃないかね」

三田はまだ半分以上残っているビールを、一気に飲み干した。せっかくだからサンドイッチも平らげてから帰りたい。

「なーんだ。三田さんもやっぱり縦割り主義のお役人なんだ」

カレンは、シラけたような表情をして窓外を見やった。都庁が見えた。

「私は、アスリート・ファーストの視点で公共広告を打つべきだと提案したまでなんですけどね。札幌の夏の気温がどれだけあるのかと、世界にきちんと伝えるべきだと思う」

唇を嚙んでいた。

「そのアプローチ自体がＰＲの範疇を超えている。行政が発信する広告に、政治的なニュアンスがあってはならないよ。俺は都庁の人間だ。中立じゃなきゃならない」

言っている先から、何となく眦のあたりにしびれを感じてきた。

「だから、都庁の人じゃない立場で協力してほしかったんだけどね。恋人として、調べてもらえればって思ったのよ」

カレンが夜景を見つめたまま言う。

その横顔を眺めながら勃起した。えっ？　おかしい……。三田は股間を押さえた。

視界もぐらぐらと揺れた。

3

目の前に丸くて大きなヒップが置かれていた。生尻だ。尻山の間から、細長い亀裂が見える。カレンのヒップだった。

「どうしてこんなことになっているんだ」

首を起こして聞いた。バーで昏睡してしまったようだが、どうしてベッドの上にいるのかわからない。

しかも、記憶をなくす前は、カレンの顔を見ていたはずなのに、いまは、生尻を見上げている。さっぱりわからない。

三田はもう一度、問うた。

「おいっ、何をしている？」

女のピンク色のぐちゃぐちゃした泥濘(ぬかるみ)に問うているような感じだった。「えーと」と濡れた花びらがうねりながら答えた。いや違う。まんちょじゃない、カレンの声だ。

「フェラチオしています。祐輔さん、大きいですよ。これ国際規格です」

じゅるりと舐められた。亀頭の裏側だ。

「んんんんっ」

尻の裏にまで快感が走り、三田は腰を突き上げた。

「私のも舐めて」

どすんっ、と巨尻を顔に押し付けられた。目の前が真っ暗になった。代わりにいい匂いがする。カレンの秘裂の匂いだ。

反射的に舌を差し出してしまった。その部分はどアップ過ぎて、よく見えないが、ぬるぬるとした粘膜部分を、舐めしゃぶった。しゃぶしゃぶの肉に似た感触だ。

「あぁあ、いいっ。もっと激しく舐めて」

カレンが尻を振った。三田の顔面に、とろ蜜の飛沫(しぶき)が振りかかる。温かい蜜湯だが、不思議なことにすぐに乾く。女の蜜は即乾性があると初めて知った。三田はがむしゃらに舐めた。

カレンの方も攻め立ててくる。かっぽりと咥えた亀頭冠の全体に舌を這わせながら、肉棹を締めつけた指を上下させてくる。

「んはっ」

今すぐにでも噴きこぼしてしまいそうだ。睾丸が作り上げた男のエキスが、猛烈な勢いで尖端に駆け上がってくる。

悔しいので負けずに舐めることにした。両手をカレンの尻山にあてがい左右に押し広げた。女の亀裂がくわっと開き、中の様子がはっきり見えた。しゃぶしゃぶ肉というより煮立ったすき焼き肉のような花びらが曝露される。尻の窄まりの部分までがはっきり見える。そこにふっと息を吹きかける。窄まりがさらに渦を巻いたように縮んだ。

「いやんっ。下品っ。もう抜いちゃう！」

カレンが羞恥の声を上げたかと思うと、仕返しするように三田の肉棹を一気に扱きたててきた。

「うわぁあああ」

三田は絶叫した。こういう状態になっている自分は、たぶん何かの罠にはまっているのだど、脳の奥底では悟っているのだが、そんなことよりも、いまここで放出するのは「もったいない」という気持ちが先走った。

一回射精したら、たぶん、あとは脅されるだけだ。どうせそうなるなら、挿入して発射したい。

公務員は、せこいのが身上だ。

「待て、待ってくれ」

三田はカレンのクリトリスに吸い付きながら懇願した。クリトリスが、真っ赤な顔で怒っているように見えた。

「だめっ、一回、抜いちゃう」

カレンがむきになって扱きたててくる。ソフトクリームを舐めるように亀頭にベロリベロリと舌を絡ませたまま、猛烈な勢いで手筒を上下させてくるのだからたまらない。

亀頭の尖端がぱかっと開いた。脳内にロケットが発射するイメージが浮かぶ。ドカン！

「うおぉおおおおおおおお」

三田は吠(ほ)えた。カレンの口腔(こうこう)内に、大量のコンデンスミルクをぶちあげる。白い噴水。最初の第一弾の大噴水に続いて、中噴水、小噴水が上がった。小噴水が何度か続いて、ようやく熄んだ。息が絶えたような気分だ。

「いっぱい出ましたぁ」

そう言ってカレンが嚥下する音がする。あ～ごっくん。そんな感じだ。

「ううう」

三田は唸った。

射精した満足感よりも、悔しさの方が募っている。淫爆したかったのは口じゃない。眼前にあるカレンのピンクの秘孔だ。

悔し紛れに、三田は秘孔にすっと、人差し指を挿入した。

「いやっ。いきなり入れないで」

カレンが尻を退いた。体位を変え、顎を三田の胸板の上に置いた。指で乳首を弄んでくる。特徴的な大きな目をくるくると動かしながら、細い指腹で、左右の乳首を撫でまわすのだ。

「ふひゃ、うひょ、ひゃほ」

情けない声をあげる。そんなところを責められた経験がない。こんなに気持ちがいいとは思わなかった。

「乳首、感じる?」

乳暈の周りに舌先を這わせてきた。ちろちろとやられる。

「いや、うはっ、カレン、おまえ何が目的なんだ？」

「札幌のマラソンコースの決定情報と新国立競技場の開会式のＶＩＰ座席図とバックヤードの詳しいマップ」

右乳首をチュッと吸われた。思わず「ぎゃふん」と言いそうになった。

「なんのために？」

胸板をせり出しながら聞いた。

「それは知らない方がいいわよ。乳首、舐めて欲しい？」

胸板に顎を乗せたカレンに上目遣いに聞かれた。猛烈に舐めて欲しい。だが、必死に堪えた。

「舐めては欲しいが、そんなこと出来るわけないじゃないか。俺の立場じゃ知りえない情報だ」

「知っている人を探し出すとか、上司のパソコンからデータを抜くとかいろいろあるでしょう」

ちろちろと舐める舌先を乳暈の上に這わせてきた。乳首まであと一ミリ。その界隈を攻められる。右の乳首だ。

「あうう」

早くも再勃起した。こんなことは初めてだ。風俗でも十分は待たなければ二度目には進めなかった。

「祐輔さん、もう、まともな公務員人生、あきらめた方がいいわ。ねっ」

いきなり小さな乳首を吸われた。唇を吸盤のように窄め、直立した乳首を歯の間にまで引っ張りこんだ。その先端を軽く噛まれて、舌先でべろべろされた。

「あうぅうう！」

三田は鞭で打たれたような声を上げた。キャイ～ンと叫ばなかっただけでも幸いだった。

めくるめく恍惚感に包まれて、このまま宇宙の果てまで身体を飛ばされても、いいと思った。

「これからは悪徳役人になりましょうね」

そう言うカレンに乳首をベロ舐めされ、再勃起した肉棹を握り直された。軽く摩擦される。

乳首舐め&扱き。

くらくらとなった。

「今夜はたぶん、五回はやれるよ。ビールに混ぜたクスリ飲んじゃったからね。でもやばいクスリじゃないわよ。ＥＤ治療薬と微量の睡眠導入剤。ミンザイはもう起きたから消えたってこと。でもＥＤ治療薬は十時間は効いたままだと思う。きっと明日は知事のお尻を見ただけでも勃起するわよ」

　そんなの嫌だ！　絶対に嫌だ！

　知事は美貌の持ち主だが、母親と同じ歳だ。

「それにね、もうあなたが勃起して、私に咥えられている映像を撮影済みなの。ほら」

　カレンがベッドヘッドを指さした。

　撮影モードの赤いランプを点滅させたままのＨＤＤカメラが置かれていた。

「嘘だろ？」

「諦めてね。さぁ、仕上げよ」

　カレンが乳首から唇を離したかと思ったら、いきなり三田の腰の上に跨ってきた。シックなワンピースを着ていた上品な姿からは想像もできない、蟹股で、三田の屹立を沈めてしまった。

「あぁあああんっ。私も気持ちよくなっちゃう」

背筋を張り、両手で髪の毛を掻きあげながら、カレンはスパーン、スパーンと腰を跳ね上げてはまた沈めてきた。

どうにでもなれだ。

セックスをしている最中に先のことをあれこれと考えるのは、どだい無理なことだ。三田も腰を突き上げた。ビシバシと打ち返す。EDでもないのに治療薬を使ったのだから、棹は半端ない硬直の仕方だ。自分の分身というよりも、鋼鉄の棒を取り付けられていると言った方が早い。

「いやぁああ、そんなに摩擦しないで、わっ、なにこれ鰓まで硬い！　わたしのおまんちょこわれちゃう！」

クールで理知的と信じこんでいたカレンが、ありえない卑猥な言葉を吐いている。

——マジもう、この先の人生なんてどうなってもいい。

このことがバレたら、左遷どころか、地方公務員法第三十四条に抵触し、塀の中に落ちる可能性もある。

それでも女と擦りあっている時というのは、すべてがどうでもよくなってしまう。発情は麻薬に等しい。

三田は、ええいっ、とばかりに身体を起こし、カレンにのしかかった。正常位だ。

「うわぁああ、都庁に犯されているみたい」

カレンが三田の首に両手を巻きつけながら、歓喜の声を上げた。視線は三田の肩越しに、窓に向かっている。

三田も振り返った。すぐ背後に煌々（こうこう）とライトアップされた都庁の庁舎が聳（そび）え立っている。やってくる春に向かって、巨塔がフル勃起しているように見えた。

「俺が都庁だ！」

ずんずんと鋼鉄の棹で突いた。ふと扉が開き、すらりとして背の高い女が入ってきた。ロイヤルブルーのツーピースが良く似合う女だ。スマホをこちらに向けながらやってくる。これも撮影らしい。

「あぁ、ナナオお姉さん、いらっしゃい。ひとりじゃ持たないから、一緒にお願いします」

「はいはい、一緒にやりましょう。私、乳舐めから入ってあげる」

ナナオと呼ばれた女が、サイドテーブルの上にスマホをセットして、自分もスーツを脱ぎだした。スカイブルーのスリップが輝いている。

――この上3Pすか？

三田は、すでに二回目の精汁を漏らし始めていた。

機密の漏洩もこんな感じではないだろうか。ちょろちょろと漏れて、最後にざばーっと出してしまう。

「俺って、スパイになるってことだよね」

棹を小刻みに動かしながら、カレンに聞いた。すると背中からおっぱいを押し付けてきたナナオが耳元でささやいた。

「コードネームをあげる。『ジャッカル』。ラグビーの戦法にあるでしょう。ボールを奪う、あるいは相手の反則を誘うという、あれよ」

どういうことかは、後でゆっくり考えたい。まずは、射精に向かってゴー。

第四章　挿入聴取

1

二〇二〇年が明けたが、捜査は難航した。

難航というよりも、昨年の十二月以降、突然、売春組織の動きがピタリと止まってしまったのだ。

公安も戸惑っているようだが、売春という犯罪を追う性活安全課としては、まったく探る当てがなくなってしまったのだ。

——敵も方針を決めかねている。

洋子はそう考えていた。

東京オリンピックの札幌におけるマラソンコースが最終的に決定されたのは昨年

の十二月十九日のことであった。

決定は、いきなり札幌の変更になった時と同様に、一般人なら誰もが耳を疑う内容だった。

市内のコースを前半二十キロ、後半十キロ、十キロの三周するのだ。三周目は、二周目と異なるが、一周目の一部とは重なるということだ。

これでは街を使ったトラック競技ではないか。

ただし、警備はしやすくなった。同時に、新たな建設利権は消えた。さらにいえば、札幌で何か混乱を起こそうとしている犯罪集団があったとしたならば、計画の見直しを迫られたことだろう。

これだけコンパクトなコースにされたら、入り込む余地はかなり少ない。

——ならば、敵はどこを狙ってくる?

警察としては悶々とした日々が続いた。

『大通り公園　ピンクの林檎　三個』の謎も解けていない。

そうこうしている間に、三月も下旬になった。桜の季節だ。オリンピックは四か月後に迫っていた。

そんな折、ようやく新たな情報が入ってきた。

「ねぇ、先週から、また札幌の大通公園周辺に闇風俗が増えているらしいけど、やっぱり、なんかおかしくない？」

真木洋子は、性活安全課の課室にいるスタッフたちに向かって言った。定例の全スタッフによるミーティングだ。

性安課の面々はそれなりに内偵を進めていた。今朝はそれらの情報に基づき、あらたな捜査手順を決めることにする。

「闇風俗店は、最近では、ススキノよりも大通公園の各ビルに出没しています。それもハーフの娼婦が多いと評判です。多国籍系とか呼ばれているんですが、外国人系の顔をしているんですけど、日本語ペラペラで人気なんです」

窓際に背中をつけていたススキノ南署に籍を置いている指原茉莉が、分厚い唇を舐めながら言った。性安課の札幌分室担当だ。月に一度の報告のために出張してきている。

「そういえば、俺が潜り込んだ民泊売春の女もそういう感じだったな。生粋の日本人には見えなかった。ナナオっていう女」

松重が自席で電子葉巻の煙を吹かせながら言った。

実は、公安案件だった娼婦軍団だ。大通公園の周囲のマンションに常態的に娼婦を派遣しながら、VIPを銃撃できるポイントを探していたようだ。

ナナオとその一派は、捜査に気づき、一瞬にして姿を消した。

だが、あれから約三か月、再び、新たな娼婦たちがうろうろしだしているという。

公安が観測しているが、まだ背後関係が絞り切れていない。

「それ、キタやミナミにも増えてんね。外国人VIPを的にかけている連中やそうやけど、最近では京都にまで手を広げているみたい」

大阪からやって来た朝野波留（あさのはる）も同じことを言った。元ミニパトガールだ。ソファ席で、資料を広げながら言っている。

「里美（さとみ）ちゃん、横浜（よこはま）は、どう？」

洋子は、本庁に籍を移しながらも神奈川全般を担当している石黒（いしぐろ）里美にも確認した。里美は自席で化粧に余念がない。黒だがやけに丈の短いフレアスカートを穿（は）いていた。これから内偵に出るのだ。

「横浜は、もともと外国人娼婦やハーフがたくさんいる街なので、そこが突出しているかどうかわかりません」

「なるほど」

真木は、新宿七分署出身の上原亜矢を向いた。元万引き担当。まん引きには別な意味もある。女子高生が股間の秘孔に隠したリップスティックなどの盗品を引っ張り出すのが得意だったことから、「まん引き」担当と呼ばれていたのだ。

「歌舞伎町方面は元から多国籍地帯ですから、何とも言えません。韓国系日本人、中国系日本人をハーフかといわれても見分けがつきませんし」

亜矢がアヒル口で答えながら、隣に立っている新垣唯子の尻をパンと叩いた。

「あっ、いきなり押したら、クリパンしちゃう。昇くっ」

眉間に皺を寄せた唯子が、腰をがくがくと振った。ＩＴ担当の小栗順平の机の角に股間を押し付けていたのだ。机の角に股をつけていないと落ち着かないのだそうだ。

「新垣さぁ、毎日俺の机の角にクリトリス擦り付けるなよ。精密機器は液体に弱いんだから」

小栗がため息をついた。

小栗の机の上にある二台のデスクトップ型パソコンは、ハッキング、盗聴、盗撮、各都道府県ＮＴシステム、民間の防犯監視カメラに侵入するための重要備品だ。

「マメ擦っても、潮吹きませんから」

唯子が、口を尖らせた。

「それ、どうでもいい話だろう」

洋子に最も近い席に座っている岡崎雄三が、ふたりを制した。岡崎が真木の方に向き直って続ける。

「公安が、その娼婦軍団に目をつけているというのは、おそらく準スリーパーではないかという可能性があるからでしょう」

「準スリーパー？」

松重の横の席に座る相川将太が聞いた。岡崎が答える。

「スリーパーとは、その国に根付いた外国人諜報員ということだよ。準スリーパーはそのライト版。冷戦時代は、米ソが双方に、相手国にスリーパーを送り込み諜報合戦をしたものだ。ところがこの日本では、スリーパーを根付かせるのは難しかった。欧米系の外国人がこれほど目立つ国は類を見なかったからさ。ところが……」

松重が頷いて、その会話を受け取った。

「この二十五年ぐらいのあいだに日本の事情も変わった、ということだな」

そう言って電子葉巻の煙を大きく吐き出す。

さすがに本庁舎内では紙巻煙草はやらないが、代わりに電子葉巻を日常的に咥えている。バニラの匂いがした。松重には似合わない。

煙が入道雲のようにもくもく天井に向かっていく。

「精子がスローモーションで飛んでいく様子みたい」

唯子が煙に切なげな眼差し（まなざし）を送りながら話の腰を折った。

妄想だ。

新人の吉丘里奈はその様子を茫然（ぼうぜん）と眺めている。

岡崎が無視して会話をつないだ。

「そういうことですよ。いまや日本には多種多様な人種をルーツに持つ日本人が山ほどいる。彼らはネイティブな日本語を話し、この国の文化と習慣を生まれながらに身に着けています。海外のテロ集団が準スリーパーとして、彼らをリクルートしたくなる気持ちはわかります。彼らはもとより日本人なんですから」

そういうことか。洋子にも合点がいった。

「唯子ちゃん、アメリカ系日本人とイラク系日本人を見分けられるかい？」

岡崎が聞いた。

「さっぱり」

唯子が股を机に角に押し付けたまま答えた。タイトスカートの前が見事に窪（くぼ）んでいる。ちょっと片足を上げげた。職務規程に会議中のオナニーは禁止とは書いていないので、見逃すことにする。

「欧米風の顔をしていたら、わからないよね。たとえばロシア系日本人でも、アメリカやイギリスのパスポートを持っていたらそう信じるでしょう?」

「百パーセント信じます」

唯子が答えた。眉間に皺を寄せている。昇天しながら答える場面じゃないっ。

「そりゃ、うちも信じるわ。浪花のフィリピン人でも、わいイタリア人やでぇ、ゆわれたら、そう思いますやん」

波留も言う。

「それは、日本人の盲点かも知れないわ。おもてなしの精神で、本当は日本人の彼ら彼女らを外国人だとみなして、脇が甘くなるということもあるわ」

洋子は答えた。

「相川君、その後六本木のクラブクリスティの様子は?」

「クリスティは、城東連合の政界、芸能界の工作用のクラブなのは既に報告した通りですが、面白い人物が最近出入りしています」

そこで、相川は言葉を区切った。小栗に目配せしながら缶コーヒーを一口飲んだ。

小栗がパソコンのキーボードを操作し始めた。

デスクトップのひとつに黒いビジネススーツを着た三十代ぐらいの男がアップされる。真面目(まじめ)そうな顔をした男だった。六本木の交差点を東京タワー方向に歩いている姿だった。おそらく付近のコンビニの防犯カメラに小栗が侵入してゲットした映像の静止画だ。

「東京都庁のオリンピック・パラリンピック広報推進室の職員で三田祐輔といいます」

「広報がなぜ？」

洋子はきいた。

「IOCへのロビイストであるジャン＝ポールという男に接触して、マラソンコースの情報を集めていました」

「クリスティのメンバーなの？」

「いいえ、ゲストです。マンハッタン・エージェンシーの日本支社長マイク富田(とみた)という男と一緒にやってきています。どうやらその男がタニマチになっているようです。クラブでは、もう何人も女を食わされていますね」

相川が再び小栗を向いた。

岡崎が「マンハッタン・エージェンシー？」とつぶやき首を捻(ひね)った。

小栗がふたたびキーボードを操作した。

もう一つのデスクトップモニターに、やたら笑顔が爽やかな中年男の顔がアップされた。どうみても欧米系白人の顔だ。

小栗がプリントアウトした資料を読み上げた。

「マイクは横浜生まれの米国籍。五十七歳。母親が中国系日本人。戦後横浜に住み着いた父親は貿易商です。幼稚園から高校までは横浜。その後、K大学を卒業した後にニューヨーク市立大学に留学しました。一九八六年のことです。二年後、そのままニューヨークで中堅広告代理店に就職。三社ほど転職していますが、これはアメリカでは普通です。転職しながらポジションアップを図るからです。三年前にマンハッタン・エージェンシーにスカウトされ、日本支社長に就任しています。ニューヨーク本社での職位は上席副社長。マンハッタンの高層アパートを所有し、ロングアイランドに別荘を持つ典型的なニューヨークセレブです。東京では乃木坂のタワーマンションに住んでいます」

「ある意味、典型的な多国籍企業人ね」

洋子は先ほどの岡崎の日本人のグローバル化の話を思い出しながら言った。

「まさにその通りですね。しかもマンハッタン・エージェンシーと言えば、政治広告に深く関わっている代理店ですよ。選挙キャンペーンや大企業の株主総会の演出などを手掛けることでも知られている」

岡崎がそう言った。

「そうなの？」

洋子は席を立ち、小栗のデスクの前に進んだ。唯子が名残惜しそうに角から股を離した。

モニター画面を覗き込み、マイク富田の顔をしっかり見た。

「他にこの男と一緒に来る客はいないの？」

相川に聞いた。

「部下の女性をときどき連れてきます。道畑カレン。やはりマイク富田と同じ日系米国人です。ただしマイクと逆で父親が日本人の寿司職人。母親がアメリカ人で、ロスアンジェルスで育っています。ロス生まれのため、米国籍になっていますが現地では日本人学校に通っています。そのため日本語は堪能です。二十六歳。まだそれ以上、深い情報はありません。クリスティに来ても、娼婦たちと軽く飲んで、マイクを残して帰ることの方が多いみたいです」

相川が答えた。

「このふたりを徹底的に洗って。相川君、上原さん、新垣さんでお願いするわ」

洋子は三人を投入することにした。

政界、芸能界への触手を伸ばす城東連合の運営するクラブクリスティ。彼らの抱える娼婦が大勢いる場所だ。

そこに出入りする外資系広告代理店の日本支社長と女性社員。東京都庁の職員。半グレの売春機関とオリンピックと諜報機関の三点が結び付く。

「指原さんと朝野さんは、それぞれ地元の風俗業者に呼びかけて、新手の多国籍系娼婦グループの管理者を探り出して。わかったら泳がせて定点観測。札幌のススキノと大阪のミナミの動きから、東京へのつながりがわかるかも」

この際、色の道はエロ業者に聞くのが一番だ。

ふたりは頷いた。

「岡崎君と石黒さんには、議員会館の方をお願いします」

「はい。森本（もりもと）のスタッフを揺さぶってみます」

昨日、警備部警護課の明田真子（アケマン）からある情報が回ってきた。民自党最大派閥の領袖（りょうしゅう）である森本が、この一週間ほど私邸に戻っていないという。

政党要人ということで、私邸前に番所（ハコ）を出し、警察官を一人立たせているが、先週いきなり警視庁へ身辺警護の依頼があったという。

依頼してきたのは第二秘書だという。

詳しい理由を開示しないので、ＳＰは出せないと撥(は)ねつけると、民間の警護官を雇ったという。

森本は総理経験こそないものの、民自党のキングメーカーを自任しておりオリンピックの誘致では、もっとも中心的な役割を果たした政治家として知られる。文部科学大臣を過去に五度も経験しており、スポーツ庁の設立にも尽力した。五輪関係の族議員の首領(ドン)とも称されている。地元は札幌だ。

現総理、北大路正親(きたおおじまさちか)も森本派に属している。

──何か匂う。秘書にはったりを嚙(か)ませてみたい。

洋子はそう考えた。性安課の課長になって以来、正攻法の捜査ではなく、相手の虚をつく威嚇捜査というやり方を覚えた。元マルボウの松重から教わったやり方だ。今回は政治家相手なので、キャリアの岡崎を当てることにした。元タレントの石黒里美も演技がうまい。

「松(ま)っさんと吉丘さんは、十日後の『桜を見る会』に潜入してください」

「ええ。招待状をもって参加してきます。民間人ということでね」

内閣総理大臣が主催する『桜を見る会』に、城東連合の裏総長で非合法風俗店を都内に二十店舗も抱える金子正雄が参加するという情報が入った。

金子の表看板は乗っ取った百発観光の最高顧問だ。数人の娼婦を連れて乗り込むようだ。そこで知り合う著名人たちにハニートラップを仕掛け、自分たちの陣営に引き込むためだと推測される。

松重たちには、組織犯罪対策部と合同で乗り込んでもらう。いざとなればSP出身の吉岡は役に立つ。

「それぞれ、よろしくね」

洋子はそう言って、手を叩いた。解散だ。

自分は副総監室へと向かう。副総監と警護課の真子との三者会談だ。

2

永田町、衆議院第一議員会館。十二階建ての会館だった。

金曜日の午後とあって、館内は閑散としている。永田町には『金帰月来』という言葉がある。多くの議員が金曜の午後に選挙区に戻り、月曜の早朝の便で東京に戻ってくるという意味だ。

ごく限られているが、地元に戻らない議員たちがいる。

いまさら地元回りなど必要のない大物議員たちだ。当選回数の多い閣僚経験者クラスの議員、あるいは、地元に強固な後援組織を網羅している世襲議員たちだ。

いずれにしても知名度が抜群で、いまさら名前を覚えてもらわなくてもいいような政治家たちだ。そんな議員たちは、金曜の午後でも議員会館で陳情を受けたりしている。ほとんどが別な議員の秘書からのパーティや地元での国政報告会へのゲスト出演依頼らしい。

そして議員会館などめったに顔を出さない議員もいた。

民自党で言えば『超大物』と呼ばれる派閥領袖クラスの議員だ。党三役、閣僚、総理経験者たち。彼らの多くは、永田町に個人事務所を構え、そこにいることがほとんどだ。

現総理、北大路正親の出身派閥のボスである森本宗利（むねとし）もそんなひとりだ。議員会館の狭い事務所になど顔を出すことなどなく、国会議事堂のすぐ近くにあるホテルのスイートルームを拠点にしているそうだ。スイートルームが森本の個人事務所ということだ。

岡崎は、やたら短いスカートを穿いた里美を伴い十二階へと上がった。最上階だ。

廊下は、静まり返っていた。ところどころの部屋の扉が開け放たれていた。あちこちからメロンの匂いがする。岡崎はある既視感にとらわれた。静けさとメロンの香り。病棟だ。

一番奥の一二二五室が森本宗利議員の部屋だった。

扉は開いたままだった。

「今朝ほどアポイントを取らせていただいた警察庁の岡崎と申しますが、香川(かがわ)第二秘書はいらっしゃいますか？」

扉近くの一番手前に座っていた女性に声をかけた。三十代後半に見える事務員だった。人のよさそうなおばさん顔だ。巨乳だった。

「はい、お待ちしておりました。こちらへどうぞ、香川をすぐに呼びます」

五人ほどの事務員がスチール机に座って仕事している間を縫って奥の部屋へと通された。

議員専用の個室だ。木製の巨大な机と、その手前に応接セットがある。中小企業の社長室といった造作だ。森本ほどの大物議員がここで打ち合わせをすることもあるまい。

「私は、庶務担当秘書の小池（こいけ）です。というかほとんど支持者の国会見学担当ですけど」

女性事務員が名刺を差し出してきた。小池英子（ひでこ）とあった。白のブラウスに黒のカーディガン。ベージュのワイドパンツを穿いていた。

だがその横にある『衆議院議員　森本宗利事務所』という文字の方がはるかに大きく書かれている。秘書の名刺も宣伝材料のひとつということだ。

小池英子は、岡崎たちがソファに座ると、すぐに部屋を出ていった。

誰も使っていなさそうな執務机の背後の窓から、国会議事堂が見えた。そしてこの第一議員会館に隣接して総理官邸はある。

一分ほどで扉が開き、小柄な男が入ってきた。

「どうも、どうも、お待たせしました。国会見学の後援者を見送ってきたものですから」

髪の毛を、ポマードで七三に分けた五十がらみの男だった。

お互い立ち上がって、名刺交換をする。第二秘書の香川輝彦（てるひこ）だ。

里美がわざと勢いよくソファに腰を戻した。短いフレアスカートの裾がふわりと舞い上がる。一瞬だが黒のパンストの腰部までが見えた。里美はワインレッドのパンティをつけていた。黒の網目から透けるワインレッドはなかなか煽情的だ。

香川の視線がその部分にくぎ付けになったのは間違いない。

さきほどの巨乳の庶務担当が盆に載せた緑茶を運んできた。羊羹も一緒だ。

「どうぞ」

屈んでローテーブルに湯呑を置くさい、巨乳が黒のカーディガンから溢れそうになった。ちょっと野暮ったくて、たまらなくエロい女だ。岡崎は、盆を小脇に挟んで戻っていく英子の後ろ姿に見とれた。尻もでかい。

「それで警察庁の長官官房室の方が何用で？」

香川が、緑茶を啜りながら聞いてきた。

「警視庁に森本先生の身辺警護のご依頼をなさったそうですが、なにかご事情でも？」

岡崎が聞いている間に、里美が大きく脚を組み替えた。

正面に座っている香川の眼球が飛び出しそうなぐらい高く上がった。

「あぁ、そのことですか。脅迫電話があったので、いちおう打診してみたまで、です。民間の警備会社に頼むと、ほら、経費がバカにならない。警視庁なら税金で賄ってくれるでしょう。だからまず警視庁に聞いてみたってわけです」

香川は悪びれる様子もなくそう言った。

「脅迫の内容を教えていただけませんか」

岡崎が柔らかい口調で言う。すかさず里美が脚を組み替える。今度はスローモーションで替えている。じっくり股間を見せているわけだ。

香川が唇を舐めた。

「いやぁ、たいしたことじゃないですよ。電話を取ったのは私です。女の声で、オリンピックのマラソンコースを東京に戻さないと、先生を襲撃するぞってね。まぁ、そういう電話があって襲撃されたことはないんですがね。いやがらせですよ。だいたいうちの先生だって、そんなことが出来るはずがない。それとうちの先生が、IOCに屈服したと思い込んでいる人たちがいる。それは逆恨みですよ。一番先に連絡を受けただけなんですから」

そういって香川が哄笑（こうしょう）した。

煙に巻くような笑い方だ。岡崎は、里美の肘を軽く突いた。その瞬間、里美がガバリと股を開いて質問した。

「ロシアマフィアに脅されているのではないでしょうね」

低いどすの利いた声だ。名演技だ。

「ロシアマフィアじゃないよ。多国籍売春組織だ」

里美のパンティに見とれた香川がつい本音を吐いた。言った後の顔に「あっ」と書いてあるのがなによりの証拠だ。

里美がぴしゃりと股を閉じる。

岡崎が続けた。

「どうして多国籍売春組織なんかに脅迫されるんですか？」

「いや、それは知らない。先生も身に覚えのないことだ」

香川の唇が震えている。

「そんなわけないでしょう。じゃぁ、その多国籍売春組織というのは何者なんですか？　なぜ香川さんはそう特定している？」

畳みかけた。

「相手が、自分たちは売春組織だと名乗ったからだ」

香川の額に汗が浮かぶ。

――どういうことだろう？

「なんという組織ですか？」

岡崎は鋭い視線で睨（にら）みつけた。公安時代に外国諜報員の尋問でならした眼光だった。目で追い詰めるは尋問の基本だ。

「組織名なんか聞いていない。ただ、やたらと森本先生の内情に詳しく、札幌から東京に戻さないと、先生を狙撃すると」

香川はわなわなと震えていた。また里美が脚を組み替えながら言った。

「私たち、調べますよ。森本先生や香川さんがその組織と具体的に関係していないか?」

「勝手に調べたらいい。だが、あなたたちの仕事は、我々を調べるのではなく、恐喝してきた容疑者をあらうことじゃないのか?」

「もちろんです。電話があったのは、この事務所にですか」

里美が鋭く切り込んでいく。

「そ、そうだ」

「なら、電話記録から追わせてもらいます。受けた日にちと時間わかりますか?」

岡崎は手帳を開いた。

「はっきり覚えておらん。今日はもう時間がない。帰ってくれ」

香川が立ち上がり扉に向かった。事務室につながる扉を開いて、そちらに向けて手を差し出した。帰れのサインだ。

「では、またあらためて、アポを入れさせて貰います。その時は、香川さんに警視庁に来ていただくことになるかもしれません」

最後は脅した。

「あんた、キャリアならこの先のことを考えた方がいい。先生から内閣府を通じて長官に人事について相談させてもらう」

香川も脅し返してきた。

――間違いない。多国籍売春組織と森本事務所には何らかの関係がある。

岡崎と里美はこの場は引き上げることにした。庶務担当秘書は自席にいなかった。素早く、秘書たちの出先を書いたホワイトボードに視線を這わせると、

【小池英子―地下売店～帰宅】

とあった。午後四時であった。議員会館の朝は早い。ほとんどの秘書は午前七時には出勤してきている。したがって帰宅が早いのも当然なのかもしれない。

3

「ひゃぁ～、恥ずかしかったですよ。いかに見せパンとはいえ、あれだけガン見せ

するのは、かなり勇気がいりましたよ」

エレベーターホールの前までたどり着いたところで、里美がいつものギャルっぽい口調で言った。

「なんだよ、見せパンっていうのは？」

岡崎は聞き返した。

「カメラの前で見せるために穿くパンツです。普通よりも生地が厚めですね。中にもう一枚本パンを穿いています。二重穿きだとわからないように本パンは肌色の物をつけるんですけどね」

元タレントだけあって、里美はさばさばという。

聞かなきゃよかったと思う。

同僚ではあるが多少はエロさを感じていた。こうもあっさり内情を聞かされてはがっかりだ。その表情が出ないように心掛けた。

「いずれにせよ、石黒の大胆な開脚のおかげで、香川を吐かせることが出来た。俺ひとりじゃ、あれほどうまくいかない。感謝する。ここの地下にある食堂でよければ飯を奢るぞ。手ごろな価格だ」

「ありがとうございます。パンツを見せたら、お腹空いてきました」

——そういうものか？

ちょうどエレベーターの扉が開いた。地下へ降りることにする。

「香川はいまごろ森本に電話で事情を話し、打ち合わせの段取りを取っているだろう。石黒、悪いが飯を食ったら、変装をして隣の北急ホテルのロビーを張ってくれないか。香川は間違いなくホテルに行く。その後の動きを探ってくれ。ティールームからロビーが見渡せる」

変装は、女優でもあった石黒の得意技だ。

「わかりました」

里美が頷いた。小栗にラインで変装と盗撮盗聴のセットを届けるように伝える。

エレベーターが地階に到着した。

参議員会館も含む三か所の議員会館はすべて国会議事堂とこの階の通路で繋がっている。議員や秘書は地上を歩かず地下を通って自分の事務室と議事堂を行き来できるわけだ。そのため一般人やマスコミの目を躱すことが出来る。

地下には食堂、コンビニ、理容室、歯科医院、それに議員や秘書、それに議事堂や議員会館で働く職員たちのための国会健康センターや衛視が訓練するための柔道場や剣道場まである。

食堂の前でショーウインドウをふたりで覗いていると、背中から「お疲れさまでしたっ」という声が掛かった。

振り向くと先ほどの小池英子が立っていた。上下をオレンジ色のスウェットに着替えている。首からはスポーツタオルをぶら下げていた。

「あれ、その恰好どうしたんですか？」

里美が聞くと、英子は通路の先を指さした。

「第二会館の地下に国会健康センターがあるんです。私、金曜の帰りはそこでマシントレーニングして汗をかくことにしているんですよ。ガラガラですからね。税金の無駄使いっていわれないように、積極的に使っています」

議員と秘書だけが利用できる、いわばスポーツジムだ。

英子は笑顔で答えてくれた。スウェット姿になると英子のバストはさらに大きく見えた。

「あら、いいですね。汗をかくのって」

里美がうらやましそうに言った。

「食堂、ちらし寿司美味しいですよ」

英子は尻を振りながら、国会健康センターの方へ去っていった。その尻を眺めながら岡崎は、里美に伝えた。

「食事をしたら、俺もちょっとウエイトトレーニングをしに行って来るよ」

「いろんな意味で頑張ってください」

里美が意味ありげに笑う。

議員会館食堂に入り、岡崎はかつ丼を、里美は英子に勧められたちらし寿司を頼んだ。かつ丼は議員に大人気だという。選挙に勝つというゲン担ぎだ。

昼と夕方の間のせいか食堂は閑散としていた。

世襲の若手参議院議員が四人、隅の席で歓談しているのが眼に入った。任期が明確な参議院議員は、やはり選挙対策が楽なのであろう。総理の肚ひとつで解散総選挙となる衆議院議員の常在戦場(じょうざいせんじょう)の立場と異なり、どこかのんびりして見えた。

「それにしても、多国籍売春組織とやらの目的はどこにあるのでしょう?」

唇の上に乗った錦糸卵を舌先で舐めながら、里美が聞いてきた。舌の動きが、エロい。

「売春組織という名の諜報機関であれば、オリンピックにおける何らかの破壊工作が目的だろう。背後関係が不明だから、最終ターゲットもわからない。なんとかその尻尾(しっぽ)を摑(つか)みたいんだがな」

「香川は絶対に背後関係に気づいていますね。森本宗利が女絡みの罠にかかったとみるべきでしょう」

里美がエロい唇と眼差しで、まともなことを言った。

「性安課にこの捜査が下りてきたのは、上層部がそう読んでいるからだろう。通常のテロ捜査なら公安の仕事だ」

「わかりました。香川をロビーで発見したら、追尾します」

里美が、きっぱりという。

岡崎は、かつ丼の白飯の部分は半分だけにした。岡崎なりにゲンを担いで、かつ丼にしたが、この後の運動のことを考えると満腹にしない方がいい。

食事を終えると、それぞれ単独行動になった。

里美は小栗のワゴンがやってくる北急ホテルの駐車場に向かうため先に出て行った。

岡崎は、売店でスポーツタオルとTシャツを求めた。国会議事堂のイラスト入りだが止むを得ない。さすがにジャージの下とかは売っていなかった。

ついでだから国会饅頭とか煎餅とか、模造議員バッジや手帳、それに歴代総理大臣顔入りタオルなど山盛り購入した。何かの役に立つかもしれないと思っただけだ。

国会健康センターに入るとすぐにランニングマシンの上でバストを揺らしながら、足を動かしている小池英子が見えた。他に人はいなかった。

国会健康センターという名称になっているが、ほとんど民間のスポーツジムと変わらない設備と広さだ。

「小池さーん」

国会グッズのたっぷり入った紙袋を掲げて、国会健康センターの職員には議員会館への入構証を提示した。中年の職員だった。英子のバストを見る視線がいやらしい。

「あーら、いらしたんですね。刑事さん」

英子が手を振る。

職員の顔がきつくなった。立法府である国会内では警察に捜査権はない。議員会館の警備も国会職員たる衛視の管轄だ。

「いや、単に森本議員の警備計画の打ち合わせで来館した帰りです」

すかさず岡崎は、職員に伝えた。職員の顔が和んだ。

「柔道場と剣道場は議員か秘書の紹介があれば使えるのですが、ここはＮＧなんですよねぇ～」

と英子は職員の顔を見た。困った顔をして見せる。おそらく有力な支持者は通したことがあるのではないか。

「森本先生の警備打ち合わせの方ですよね？」

職員が聞いてきた。打ち合わせに来たのは間違いない。

「そうです。もう完全に終わりまして、せっかくだからと土産（みやげ）を買って帰るところだったんですが」

「他に誰も使っていないですし、少しだけならいいですよ。見学ということで。ただしスマホなどで室内を撮影するのは厳禁です。他の議員や秘書が来たら速やかに退室してもらいます」

すべての原則には例外もある。公務員は議員には弱い生き物だ。

「もちろんです」

岡崎は上着を脱ぎながら、ランニングマシンの前を通り過ぎて、一番奥にあるウエイトマシンのコーナーへと向かった。同僚の相川のような体育大出ほど筋骨隆々とはしていないが、生まれ持った体形はある程度自慢できる。

背中の方から英子が近づいてくるのを意識した。

濃紺の上着、灰色のネクタイ、白のワイシャツを脱ぎ、褐色の素肌を見せる。

いや、褐色というのは、自己陶酔的な表現で、要するに地黒なのだ。しかも骨太。それでなんとなく立派な身体に見える。

相川や松重主任のような鍛え上げた肉体にはおよそ遠いのだが、素人目にはそれらしく見えるはずだ。

案の定、背骨に英子の視線を感じた。

素肌の上から、売店で購入したばかりの国会議事堂イラスト入りTシャツを着た。スーツパンツにTシャツほど不格好なスタイルはないのだが、致し方ない。首からこれまた歴代総理のイラストが並んだタオルをぶら下げた。

ちょうど真ん中あたりに描かれた第五十代総理大臣吉田茂の顔で、鼻の頭を拭きながら振り向いた。

英子が眼の縁を紅く染めて立っていた。

「凄い筋肉ですね」

今度は胸板をじっと眺めている。岡崎は鳩胸であった。

「いや、警察官としては、鍛えていない方ですよ」

言いながら、真後ろにあるウエイトトレーニングマシンに背中をつけてベンチに座った。大股を開く。

バタフライと呼ばれる肩の三角筋と大胸筋を鍛えるマシンだ。左右のアームを両手で閉じると背中の重しが持ち上がるタイプだ。負荷は中程度になっていた。

「くっ」

岡崎はアームを握り閉じて開いた。胸が開放されて、気持ちがいい。目のまえで英子が見つめていた。

うっとりとした表情だ。

岡崎は何度もアームを閉じては開く運動を繰り返した。すぐに額や上半身に汗が吹き上がった。Ｔシャツが透けて男の小粒な乳首が浮き出た。

ときどき「ふぅう」とか「うぉ～」とか、自分で合いの手を入れる。警視庁内のジムで同僚の相川もいつもこうした声を上げている。すると、そのたびに傍で見ている新垣唯子が「セクシー」と唇を舐め、両手を股間に添えるのだ。

「岡崎さん、凄くセクシー」

英子もそういってくれた。股間は押さえいない。だが、岡崎の浮き出た乳首を、じっと見つめていた。

「そんなに見つめられたら照れますよ。小池さんはウエイトはやらないんですか？」

「バーベルは怖いのでほとんどやりませんが、そのバタフライは時々やります。でも、なんだかバストばかりが大きくなりすぎてしまいそうで、近頃は、ランニングマシン専門です」

ふと英子が、バタフライで胸を大きく突き出している姿を想像してしまった。まずい、股間が硬くなった。色気で釣るつもりではあったが、少し早すぎる。興ざめされたら困る。

気を紛らわすために、岡崎はさらに声を張り上げた。

「んんんんっ、はうぅ、おぉおおっ」

「やだ、岡崎さん、それエッチしている時の声みたいですよ」

英子が頬を真っ赤に染めた。いいながら岡崎の股間をじっと見ている。やばい、やばい、先っぽが、ずんずんとファスナーを押し上げている。

「凄い。そこの筋肉も鍛えられるんですか？」

英子がとうとう指さしてきた。

「いやいや、それはありえないです。ここは筋肉じゃないですから」

「ですよね。でもそれじゃなぜ？」

英子が首を傾(かし)げる。

「すみません。発情しました。刑事でも発情します。セクハラみたいになってすみません」

素直に詫びた。訴えられても困る。

「刑事さん、溜まっているんですか？」

発情を焚きつけるようなセリフを口にする。

「正直、溜まっています。禁欲的な仕事ですから」

腕を閉開しながら訴えた。想定以上に早い勃起だったが、任務として何とか、淫場に持ち込みたい。

「私も、溜まっているんです。でも処女なんです」

仕掛ける前に、英子の方からいきなり、わけのわからないことを切り出された。

もし本当だとしたら、自分の処女に対する概念は変わる。

目のまえに立つ小池英子は、どう見ても小熟女系の経験豊富な女性にしか見えない。

「はい？」

岡崎はあまりのギャップに右に首を傾げた。つられて亀頭も右を向く。

「やっぱり引きますよね。三十半ば過ぎの女に処女だって言われても……でも本当なんです。貫通していません！」

胸を張って言われた。

「なんで、初対面の僕にそんなことを言うんですか？」

「初対面で、よく知らない人だから言えるんです。こんなこと事務所の秘書仲間に言っても信じてもらえるわけないですもの」

英子が、眼を潤ませながら続けた。

「チャンスがなかったんです。みんなこの巨乳のせいです。巨乳は派手に思われがちです。普通にクラブとかにいっても、男の子たちみんなけん制しあっちゃうんですよ。どうせ誰かの彼女（おんな）だろうって。私、巨乳で顔の造りも派手系ですが、父は区役所勤務、母は女子高の校長ですよ。だから森本先生の事務所とかにも就職できたんです」

たとえ末端の秘書でも、議員会館の大物政治家の秘書に就くとなれば、それなりに身辺調査もされる。議員秘書は、蓮っ葉（はすっぱ）な女がなれる職業ではないことぐらいは理解できる。

「秘書になってからは、後援会の国会見学専門ですよ。観光ガイドのようなものですが、やってくるのはおじさんやおじいちゃんばかりです」

「同僚とは？」

立ち入って聞いた。

「私が気に入った人はいましたが、相手が避けました。森本先生が、私を気に入っていたからです。飲むとよく私を膝の上に載せてご満悦でした」

その様子を思い浮かべて、また亀頭が一段と硬直した。

「先生とはなかったんですか？」

ふつうそう思う。

「それがなかったんです。てっきり手を付けられると覚悟をしていたんですが、おっぱいを揉まれることもありませんでした。先生は用心深いです。マスコミや政敵に隙を見せることはありません。ですから、私はチャンスのないまま、三十七とかになってしまったんです」

岡崎は三十二だ。五歳上。エロくてセクシーな年上の女性に告白されている気分だ。

これは、棚ぼた、だ。

「やってみますか？」

単刀直入に聞いた。いろいろと口説き文句を並べるよりこの場合いいような気がした。お互い発情しているのは間違いない。

「破っていただけますか？　ぱっつん、と」

英子が、目を潤ませながらおずおずと聞いてきた。

「せっかくの申し出ですから、破りましょう」

「岡崎さん破ったご経験は？」

もの凄くまじめな目をしている。

「いや、ないです。残念ながら、巡り合っていません」

真実を告げた。男も、処女経験者は案外少ないと思う。何せ、最初の一回きりのことだから、早々巡り合わない。

「ということは、対等ですよね。処女童貞なんでしょう」

「ん？」

処女未経験で処女童貞？　素人童貞とかそういうことか？

こんがらがる話だ。

対等というのとは何か違う気がするが、詰めるのは止めた。理詰めでどうだこうだ言う話じゃない。

「はい、僕は処女童貞ですね」

「よかった」

　どうよかったのかよくわからない。

「最初、舐めてもいいですか？」

　英子がマシンに座ったままの岡崎の目のまえに、しゃがみこんだ。

「ここでですか？」

　国会健康センターの職員が気になったので、入口の方を窺った。事務室へ入ったままのようで、職員の姿はない。

「男女の議員同士や議員と秘書でイチャイチャしていることも多いので、職員は声をかけなければ出てきませんよ。ここでは与党と野党の合体もあります」

　ほんとうかよ？

　あの野党の舌鋒鋭い女性議員と与党のイケメン男性議員がもしかしてここで、とか妄想したら、股間がさらにかちんこちんになった。

「では、舐めさせいただきます」

　英子に、ファスナーをさっと開けられた。トランクスの前口から、にょきりと黒い巨頭が飛び出した。

「まぁ」

英子の目が大きく見開かれた。

4

里美は、北急ホテルのカフェテラスから、エレベーターホールをじっと見つめていた。テラスにはロイヤルミルクティとロールケーキを楽しみながら政界関係者と思われる人物の姿が多くあった。なんとなしに耳に入ってくる会話のほとんどが陳情で、聞いているのは秘書のようだった。

まさにロビー外交花盛りと言った光景だ。里美はいつもの黒髪の上にマロンブラウンの鬘を被り、黒ぶちの眼鏡をかけていた。黒のフレアスカートからグレーのパンツスーツに変えた。

――股を開いても平気。

待つこと三十分。

最上階の森本のスイートルームから香川が降りてきたのだ。ティールームに入ってくるか？

里美は、滑り落ちそうになっている眼鏡のブリッジを押し上げた。

香川は、ティールームには入ってこずエントランスの先の車寄せに向かった。タクシーに乗るようだ。まずい。

腕に巻いたシークレットウォッチのリューズを引き、口元に当てた。小栗がまだホテル前にワゴンを駐めているはずだ。

「身長百六十五センチぐらいの髪を七三に分けた男が香川です。乗り込むタクシーを確認してください」

「その男ならいま出てきたぞ」

急いで会計を済ませて、エントランスへと走った。三分かかった。張り込みの際には先に会計をしておく鉄則を忘れた結果だ。

香川を乗せた濃紺のタクシーがちょうど日枝神社入口の坂道を下っていくところだった。タクシー乗り場にはまだ客が三人いた。

香川を乗せたタクシーとすれ違うように白のワゴン車がやってきた。すれ違いざま運転席の窓が開いた。光るものが放り投げられる。タクシーのルーフトップに乗ったようだ。

ワゴンは里美の前にやって来た。小栗が運転席に座っている。すぐに助手席に乗り込んだ。

「すみません。私がタクシーで追うべきところなのに」

「平気だよ。いまタクシーにGSPを貼り付けた。距離をとっても追跡できる」

小栗が親指を立ててほほ笑んだ。爽やかな笑顔の見本を見ているようだ。正直タイプだ。せめてお礼にフェラチオぐらいしてあげたいが、さすがに言い出せなかった。

「小栗さん、この時間、本庁に戻らず追跡しても平気なんですか？」

小栗は性安課で唯一人、バックアップ要員だ。

「降りて徒歩の追尾は付き合えないがこの車の中にいる限りは平気だ。他のメンバーから、何らかの要請があっても応えられる」

小栗が前を向いたまま、親指を立て後部席を指した。まるでテレビ局の中継車のようにさまざまなモニターやキーボードが積まれていた。

「ありがとうございます」

カーナビゲーションの画面に映る赤い点滅を追いながら、小栗がどんどん先行車を追い越していく。

タクシーは、首都高飯倉インターに入った。追尾を続ける。陽が傾き始めていた。三月の下旬といえまだ日暮れは早い。

「どこに行く気かしら」

「空港かな」

小栗が言った。タクシーは羽田と書かれた標識の下へと進んでいる。もちろんまだ台場の可能性もある。

「航空機でどこかへ飛ぶ気でしょうか？」

「札幌っていうこともありじゃないか」

小栗の言葉に里美は膝を叩いた。

「ひょっとして、大通公園?!」

「札幌の指原が、そろそろ新千歳空港に着くころじゃないか？」

「ですね。連絡入れます」

里美はすぐに警察用スマホを取り出した。指原茉莉を呼び出す。

スマホを耳殻に当てると着メロのＡＫＢ48の『恋するフォーチュンクッキー』が流れてきた。茉莉の平常勤務を表す音だ。潜入中や、監禁されたりしている時は『ヘビーローテーション』が流れることになっている。メンバーそれぞれが、その二種類の着メロを使って、かけた相手に状況を知らせのだ。

ちなみに里美は平常時が乃木坂46の『インフルエンサー』で非常事態中は関ジャ

ニ∞『無責任ヒーロー』だ。好きとか嫌いではなく、すべて真木が曲を選んでいる。

「はーい。二十分前に、着いたところよ。寒い」

指原茉莉はすぐに出た。

「茉莉ちゃん、そのまま新千歳空港の到着ロビーで待機して。いまから送る画像の男を探し当てて尾行して欲しいの。まだ首都高で追尾中だから、搭乗機がわかったら、また連絡する」

空港ターミナルに到着したらすぐに、尾行するつもりだ。

「了解！　じゃぁ、鮭いくら丼でも食べながら待つわ」

「お願いね」

里美は、スマホを切った。徐々に首都高の渋滞が始まっていた。

今度はアームレストに置いた小栗のスマホが鳴った。映画『007』のメインテーマだ。小栗はこの映画の特殊武器調達担当員の『Q』を自分の理想としている。

運転中の小栗は『スピーカーホン』をタップした。

「相川だ」

「どうした？」

小栗が、前を向いたまま答えた。ステアリングにマイクが埋め込まれている。

「表参道の交差点でジャン＝ポールを追尾中に、いきなり十数人の男に囲まれてボコられた。上原と新垣がワゴン車で攫われちまった」

「たぶん、ジャン＝ポールがお前の顔に気づいたんだろう。下手くそ！」

「すまん。ショーウインドウに俺の顔が映ったんだろうな」

「ふたりのGPSは？」

　小栗と相川の会話を聞きながら、里美はシークレットウォッチのリューズを回転させた。同僚の女ふたりからの発信を探す。

「それが、玉川通りの池尻大橋で、発信電波が止まっているんだが……」

　相川が言い淀んだ。

「GPSは、スマホやシークレットウォッチだけじゃないよな。俺が開発した繊維製のGPSをつけているはずだが」

　小栗が唇を噛み、ちらりと里美の方を向いた。

　里美は首を振って答えた。

「亜矢ちゃんのブルーの光も、唯子ちゃんのピンクの光も玉川通りの三車線に飛び散らかったままです」

　最悪の状況が予測された。

「こっちの点滅状況もたぶんお前と同じだ。すぐに交通部に当たる。真木課長や松重主任には？」

「まだ……」

相川の声は裏返っていた。

「ばかっ、すぐに連絡しろよ！　俺と石黒はいま首都高で渋滞にはまりかかっている。動きが取れない。交通部から所轄に通してもらう」

「わかった。課長には、すぐ連絡する」

相川が答えた。

小栗がスピーカーホンを切るのを待たずに、里美は警察用スマホに電話を入れた。スピーカーホンにして小栗にも聞こえるようにした。

「はい、交通管制センターです。お疲れさまです」

警察庁に割り振られたスマホから発信しているので、相手はすぐに関係者と理解した。

里美の声も震えた。

「長官官房室の石黒です。玉川通りの池尻大橋付近の道路状況はわかりますか？」

この際なので、性安課と名乗るのは省略した。

電話に出た女性職員は『ちょっと待ってください』と言ったまま、しばし黙り込んだ。スクリーンに映し出されているマップを目視しているのだろう。首都圏の道路状況がひと目でわかるようなマップが大型スクリーンに映し出されている。

「自然渋滞が始まっていますが、走行に問題はありません」

女性の声がした。背筋に走っていた緊張感が、一瞬緩む。

「あの人身事故とか起こっていないでしょうか」

念には念を入れる。

「いいえ。前後二キロを含めてそのような状況はないですよ」

「お手数かけました」

電話を切る。小栗も首を捻って(ひね)いる。

「ドローンを飛ばそう。悪いが後ろの座席から、タブレットを取ってくれないか」

「はい」

里美はシートベルトを外し、助手席から後部席へ、身体をのめり込ませた。小栗の真横に巨尻を掲げる格好になった。小栗は目もくれなかった。

——ミニスカートのままで乗ればよかった。

タブレットを取り出した。

「どれを起動させればよいでしょうか？」

「右上隅に、ヘリコプターの絵柄のアイコンが浮かんでいないか」

「あります」

「そいつを押してくれ」

「はい」

里美は人差し指で、赤いヘリコプターをタップした。

画面が突然切り替わる。

どこかのビルの上から垂直に空に舞い上がる様子が浮かぶ。

周囲の様子が見えた。警察庁の屋上から飛び立ったらしい。

下方に緯度と経度を入れる欄があった。

「北緯三十五度三十九分。東経百三十九度四十一分と入れてくれ。池尻大橋の駅のあたりだが、そこら辺に着いたらあとは手動だ」

里美は急いで打ち込んだ。ドローンのボディに装着されていると思われるカメラが地上の様子を映し出す。東京タワーから一気に渋谷方面へと横切っていく。里美は、首都高を走る車に乗っているのに、空を飛んでいる気分になった。

障害物が何もないので、自動飛行を続けるドローンはあっという間に玉川通りの池尻大橋の付近に進んだ。五分ぐらいのことだ。その間、小栗が運転するワゴンは、台場を越えた。

「香川は、やはり羽田だな」

「ドローンはいま、池尻大橋の上です。ちょっと南下してしまいましたが」

「液晶の中心から戻したい方向へ、指でなぞってくれ」

「はい」

言われたとおりに操作した。玉川通りを渋谷に戻る感じだ。

──おぉおおっ。

ドローンが大きく旋回した。首都高速渋谷線をとらえながら、玉川通りと山手通りの交差する陸橋を映した。GPSからの発信はここからだ。

「中心の＋のマークを二度タップすると、ドローンがその場でホバリングして、さらに押すとカメラがズームする。ただしホバリングできるのは二分だけだ」

「わかりました」

言われたとおりにすると、陸橋の上、玉川通りの下り三車線が大写しになった。

「わっ」

里美は叫んだ。

「死体が転がっていたか？」

小栗が軽くブレーキングした。

「いえ、白のブラジャーとパンティが二組、路面の上を舞っては落ちてを繰り返しています、あぁ、Ｇカップのほうのブラが、いまバスに撥ねられました」

運転手もさぞかし驚いただろう。その二枚の下着が繊維製ＧＰＳなのだ。

「ふたりとも真っ裸にされたということだな」

小栗がため息をついた。

それならまだ切り抜けられるチャンスはある。裸でビビるふたりではない。

「ドローンどうしましょう？」

里美は、胸を撫でおろしながら聞いた。

「それほど長く飛んでいられない。Ｒの文字をタップしてくれ。それで勝手にリターンする」

命じられた通りにすると、ドローンは一気に桜田門を目指して引き返し始めた。

まさに００７のミニチュア版だった。

小栗は素早く相川に連絡入れた。

「わざわざ裸にしたんだ。暴走族だって、まずは挿入するだろう。すぐに殺したりしないよ」

　冷静な物言いだった。

「だよな」

　と相川も答えている。

「拉致されたワゴンを探し出すから待て。見つけたら最寄り(もよ)の所轄に踏み込ませればいいだろう。一般人じゃないんだ。性安課の特攻隊なんだから」

「了解。俺はジャン＝ポールを追う」

　男ふたりは電話を切った。

　なんかちょっとひどくない？　とも思ったが、里美も割り切った。やられて証拠を握るのも性安課の任務だから。淫場潜入、業務挿入は任務のうちだし。

「おい、あのタクシー、羽田空港で降りないぞ」

　小栗が眼を剝(む)いた。

「えっ？」

　タクシーは、羽田空港を通り越し、首都高横羽線(よこはね)へと進入していく。

　――どういうこと？

5

「乳首を吸われるのってこんなに気持ちがいいものだと思わなかったわ」

小池英子はバタフライマシンに背中を押し付け、喘ぎ声を上げた。

「んんんん」

英子が両腕でアームを大きく開いた。バストが大きく突き出された。

議員会館の国会健康センターにはいまだに誰も来ていない。岡崎は、英子のスウェットの前とブラジャーを捲り上げ、生乳を揉みながら、ちゅうちゅうと乳首を吸いたてていた。あずき色の乳首は大きかった。

ほんの少し前までは、英子が岡崎の肉槍の尖端を舐めていた。ソフトクリームのようにべろべろと下から上へと舐められ、岡崎の肉棹はサラミソーセージのように硬直していた。そのまま舐められていたのでは、発射してしまいそうだったので、攻守を替えたのだ。

先ほどから、スマホが何度か鳴っていたが、潜入中ということもあり無視した。いつもなら着信音はショパンの『ノクターン』だが、フェラチオされながら、べートーベンの『運命』にセットし直した。電話してきた連中は察してくれるだろう。

ジャジャジャジャーン、と大挿入するのだ。

ズボンを下ろし、国会議事堂Tシャツ一枚になった間抜けな恰好である。

——誰が、俺をキャリアの警視だと思う？

剝き出しになった陰茎に英子の指が絡みついていた。ぎゅっと握っている。

——いいっ。

いかにも慣れていない感じで、ぎこちなく指を上下されるので、余計に興奮してしまうのだ。

出てしまいそうだ。

「挿入前の仕上げをしましょう」

乳首から唇を離し、屈みこんだ。

秘部を舐めることにした。処女の粘膜など味わったことがない。英子は、マシンに大股を開いて座っている。蟹股（がにまた）に近い。

両腿（もも）もさらに押し広げた。

処女でもべちゃべちゃだった。薄桃色の花びらのあちこちに白糊（のり）のような粘液が浮かんでいる。

「いや、挿入はされたいけれども、じっと見ないで」

英子は両手で顔を隠した。顔を隠してまんちょ隠さずだ。

原始林のような陰毛の下の、淫らな秘肉に顔を近づけた。船底形の亀裂だった。陰毛の黒さと薄桃色の花が対照的に輝き、ひどく猥褻に見えた。

舌を近づけると、ぷ~んと甘い匂いがした。熟したメロンの香りだ。

そこをベロリと舐めた。秘孔から肉芽に向かって、花弁を広げるように舐める。

「あぁあんっ」

英子の内腿がプルプルと痙攣した。

「あの、聞いてもいいですか?」

岡崎は、秘孔に話しかけた。

「な、なんですか」

「森本先生、いつごろから脅されているんですか?」

クリトリスに息を吹きかけながら聞く。カマかけだ。

「そのこと、香川さんがお答えしたんじゃないですか?」

逆に英子に質問された。脳内にエロいアドレナリンが上がって混乱しているはずだ。

「そうですよ。香川さん、面倒くさい相手で、困っていると言っていました。札幌と東京の件でしつこくてと」

さも香川が喋(しゃべ)っているふうに伝えてみる。

「黄金国(ジパング)のマンハッタン計画でしょう」

英子の秘孔が開閉した。泡が吹き上がってくる。まんちょも困惑しているように見える。

——黄金国のマンハッタン計画？　なんだそりゃ。

驚いた気配を感じられてはならない。

「それです。香川さんから充分うかがったんですが、僕らの聞き取りは、一人の相手からだけではなく必ずもうひとりからも裏を取る決まりになっているんです。それも嘘(うそ)をつく必要のない方から」

岡崎は花びらをべろべろと舐めた。

「あうあうう。そのお話、後回しに出来ない？　それよりも早く貫通を」

英子は腰を打ち返してきた。岡崎の鼻梁(びりょう)にやや硬めの陰毛と表皮に包まれたクリトリスがべちゃっとあたった。

「気になって、集中できないんです」

「いやん、じゃ、さっさと聞いて」

「黄金国とは、テロ集団ですね」

推測で質問を当ててみた。

「テロ集団かどうか私にはわかりません。ただ、香川から聞いたと思いますが、森本先生がオリンピック誘致のさいに、各国のＩＯＣ委員に接待女性や男性を送ったことをばらすと言ってきました。その映像証拠を彼らは所持しているようです」

――なんだって。

岡崎は胸底で、そんなことがあったのかと、愕然（がくぜん）とした。それがバレたら国家的にヤバい。現在も民間同士の賄賂を禁じているフランスの検察が日本の前ＩＯＣ委員を訴えている。おかげで前委員はフランス国内に入れない事態に陥り新しい委員に交替せざるをえなくなったのだ。ただし、これは、五輪誘致問題よりも日仏合弁の自動車会社の社長を日本の検察が逮捕したことへの報復で、いずれ政治的決着がつくはずだ。

だが、五輪誘致に絡んでセックススキャンダルが明るみに出ると、大変なことになる。

「黄金国はどうしろと？」

舌で花弁を押し分けながら聞く。

「あぁ、なんだか、その上の方がムズムズする……　あぁ、黄金国は、マラソンの開催地を札幌にしろと。私も何度も電話を受けたわ。かけてきたのはぜんぶ女の人です……どぉ、香川さんの供述とあっている？」

英子が岡崎の頭部を抱え込んできた。

「いまのところは合致しています。それで森本先生は、どうしました？」

森本が札幌に動かしたのか？　とは聞けない。岡崎はあくまでも香川から裏を取るというスタイルで質問を当て続けた。

「そんなこと森本先生はもちろん、総理にだって出来ないですよ。開催地の決定権はＩＯＣにしかありません。それが偶然、ＩＯＣが札幌と言い出したので、森本先生は小躍りしたぐらいです。札幌の後援会の手前、さも自分が助言したようにふるまいましたけどね。おかげで難題をかぶっちゃったんです」

岡崎は、対応に困った。

難題の内容はすでにきいているふうに装わなければならない。

こんな場合、叩き上げの松重さんならどうする？

岡崎は松重の顔を浮かべた。その口が言う。

『セックスしちゃえ』

そう聞こえた。なるほどと思った。

英子のおまんちょから唇を離し、立ち上がった。腰を落として肉槍の尖端を、英子のまん面に向ける。船底形の裂け目の中にある秘孔にあてがった。

「挿入ですか？」

英子の顔が般若のように吊り上がった。

「難題ですよねぇ。あ、リラックスしてください」

亀頭をむりむりと秘孔の浅瀬にねじ込む。未通路とあって膣壁が硬い。ちんこの先が潰れそうだ。

ベートーベンの運命のようにジャジャジャジャーンとは挿入できない。

うんしょ、うんしょ、という感じだ。

「あっ、待って待って、ゆっくりお願いします」

「確かに、難題が降りかかりましたよねぇ」

膣の浅瀬で、亀頭をくちゅくちゅと出し入れさせながら、もう一度呟いてみた。

英子の脳内には再びエロドーパミンが広がっているはずだ。

「まったくですよ。それから黄金国から、だったら発着点を札幌ドームにしろと散々脅されて、それは先生も動けたから道庁や札幌市に働きかけたんですけど。でも入口が狭すぎて、工事しなきゃならないから費用がかさみすぎるって……」

「ここの入口も狭い」

岡崎は、ぐっと腰を打ちこんだ。ずるっと、亀頭が膣路の中腹にまで入った。くちゃっと襞(ひだ)が開く音がした。ぱっつんと何かが破けるような音ではない。

「あっ、きついっ、うわっ、あの処女膜ってどこらへんにあるものですか？」

――えっ。そんなこと知らない。

それには答えず、岡崎は雁首(かりくび)を引き上げた。

「あぁあああああああ、痛いっ。孔の中がビリビリするっ」

「繰り返すと、それがよくなるんです」

再び挿し込んだ。とにかく肉同士をなじませることだ。

「あぁあああああっ」

大量の粘液が溢れ出てきた。糊のように白く粘つく液だ。処女の特徴だろうか？

こっちも経験がないからわからない。

「十二月四日にＩＯＣは札幌大通公園に発着を決定しましたね」

岡崎は、くちゅ、くちゅ、と膣の中央から手前の位置で、亀頭を出没させながら

そう呟いてみた、

「そうなんです。ですから、もう先生の出番はなくなったはずなんです」

英子は痛みを忘れようと喋りまくっているようだ。

「そうだろうな……」

岡崎は入口付近での摩擦を続ける。ここぞというタイミングで一気に最奥に突っ込むつもりでいる。

——処女膜って、たぶん子宮の手前じゃないだろうか？

東大法学部でも、それは教わっていない。警察学校でも習っていない。

奥だろう。

寺の鐘を突く際に、ゴーンと鳴らす前に、何度か揺さぶるのと同じ動作を繰り返した。

「あぁ、なんだか、擦られるのが気持ちよくなってきたわ。馴染んできたのかしら。早く、ぱっつんと破って欲しい」

英子の瞳が、潤み始めた。

「そうですか。なら、そろそろ、ドカーンと、潜り込ませましょうか」

「はいっ。ドカーンとお願いします」

「喋りながら、挿入した方がたぶん、痛みは和らぎますから、もうひとつお聞きします」

「はい」

英子の脳はもはや完全に挿入される期待にぱんぱんに膨らんでいるに違いない。

肉槍を少しずつ奥へ進めながら聞いた。

「黄金国から、最後に脅しの電話があったのはいつですか？」

「今朝ですよ。いつもの女の声で連絡があったの。『当初の予定に戻す。爆破だ』と。そのまま香川さんに伝えました」

――爆破っ。

岡崎は一瞬動揺して、腰を打ち込んでしまった。肉槍が中腹を越えて、奥に潜り込む。ずるっ。わっ。

「あぁあああああ〜ん。気持ちいい、これよすぎるっ」

亀頭がドカンと子宮に激突した。処女膜が破れた実感はなかった。ぱっつん、という破裂音もせず、ただ単純にべちゃっと鳴った。

「貫通したみたいです」

「あぁあ、凄い圧迫感があるのね。刑事さん、ゆっくり動かしてみてちょうだい」

「じゃぁ、ゆっくりピストンしますよ」

と言ったものの、もはやゆっくり擦っている暇はない。爆破脅迫の件を早く、真木課長に伝えたい。

岡崎は、ずいずいと肉槍を送り込んだ。破っちゃったんだからもう一緒だ。

「あっ、嘘っ、エッチってこんなに気持ちいいものだったのね。私、指も入れたことがなかったから、驚いた。あひゃっ、ふひゃっ。んんんっ、癖になりそう」

英子の顔が般若から菩薩(ぼさつ)に変わってきた。

「小池さん、腕でアームを開くと、さらに膣が閉まって、気持ちよくなると思います」

「そうかな……」

英子は腕を思い切り広げた。プレスの圧力に負けずに腕を広げると、膣袋がぎゅっと引き締まった。亀頭が悲鳴を上げる。

「あぁあああ、凄く効く！」

岡崎の亀頭にも一気に精汁が抱え上がってきた。パンクしそうだ。

「ドバっと出しちゃっていいですか」

「あぁ、射精ってやつですね。お願いしますよ。あっ、うわっ、もっとゆっくり……、あっ、違う、このスピードがよくなってきたわ、あっ、うひょ、なにこれ、身体がどっかに、飛んでいきそうよ」

初体験にして絶頂を得ようとしているようだ。

岡崎は、一気にラストスパートをかけた。『トルコ行進曲』を頭に浮かべながら、腰を振った。最近やっていないので、すぐにわき腹が痛くなった。それでも頑張る。

「あぁあああああああああ、昇くぅううう。これが昇くっていうことなのね」

英子がバタフライを戻して、岡崎の背中に両手を回してきた。

「おぉおおっ、んんがっ」

自分も間抜けな声を上げた。亀頭の尖端がぱかっと開いて、白い液体ロケットを打ち上げる。

ジャジャジャジャーン。

いままさに、ベートーベンの『運命』の音が聞こえた。射精はこの音だ。何度も運命の最初のジャジャジャジャーンが鳴った。次第に、小さくなり、じきにショパンのノクターンのような穏やかな心持になった。

「ふぅうう」

肉杭を引き抜いた。湯気が上がっていた。

「気持ちよかった。岡崎さん、ときどきやってね。私まだ、他の人とやる勇気はないから」

「いいですよ。近々ちゃんとホテルを取ってやりましょう」

議員会館を自由に動ける重要な情報提供者（エス）に仕立て上げられそうだ。

そこからは急いで服を着た。

英子は、シャワールームに去っていった。

スマホを開くと、真木課長や石黒里美から、何度も電話が入っていた。

相手の用件よりも先に聞きたいことがあったので、まず里美に電話した。課長には聞きにくいことだ。

乃木坂46の『インフルエンサー』が鳴っている。潜入や淫場にはなっていないという曲だ。

里美はすぐに出た。

「岡崎さん、平時復帰ですね」

「出られなくて済まなかった。そっちの用件を聞く前に悪いが、女性の処女膜というのは、いったいどの位置にあるんだ？」

「はい？」

里美が聞き返してきた。何度も口にしたくない質問だ。

「処女膜の位置だ。子宮の直前だよな？」

「先輩でしかもキャリアの岡崎さんに申し訳ない言い方ですが、バカじゃないですか？」

きつく返された。

「違うのか？」

「そもそも女のアソコには、膜も蜘蛛(くも)の巣もありません。処女膜というのは、膣の入口付近にある襞状のもので破れるというよりも、剝がれるっていう感じのものですよ。ラップが張ってあるコップじゃないんですから」

「入口付近？」

岡崎は絶句した。破る前にと、亀頭を行き来させていた位置が処女膜だったのだ。

「ですから、初体験で破れるっていうのは、実は神話です。ほとんどの処女膜は、初体験の前に破れています。痛いのは、それまでに男性器のような太いものが入った経験がないからで、慣れていない膣壁を擦られたら、出血もします。いずれ耐性が出来るようになるんです」

里美が淡々と説明してくれた。

「聞いてよかった。男はそういうの保健体育で習わないから。でそっちの用件は」

「留守電を残しましたから、それを聞いてください」

「香川は？」

「追尾中です。いま横浜です」

「横浜？」

「あっ、ちょっとごめんなさい。香川のタクシーが駐まりました。追います」

「わかった」

岡崎は電話を切った。

——横浜？

と首を捻りつつ、里美の残した留守電を聞くことにした。

『セックス中のところ申し訳ありません。亜矢ちゃんと唯子ちゃんが拉致されたそうです。ただいま小栗さんが追跡しています』

こっちも大変だったが、他の連中もバタバタしているようだ。

岡崎は締め忘れていたズボンのファスナーを引き上げ、国会健康センターを後にすることにした。

6

「処女膜の解説をしている場合じゃないぞ」

と小栗に急き立てられ、里美はワゴンの扉を開けた。

JR関内駅のすぐ目の前。新横浜通りの蓬莱町の信号でタクシーが駐まっている。

すぐに香川が降車した。

陽がとっぷりと暮れている。

「小栗さん、待機願います」

「わかった。石黒もGPSつけているよな」

「もちろんです」

と里美はワイドパンツの股間を指さした。しっかり繊維製GPSで縫製したショーツを穿いている。

「指をささなくてもいい。動きをチェックしながらサポートする」

心強い言葉をもらって、香川の後姿を目指して、速足で歩いた。

香川は新横浜通りから関内駅とは反対側にある通りに曲がった。俗にいう関外だ。

関内駅よりも海側にある地域が、駅名通り関内で、その外側は関外となる。正式名称ではなく、横浜のそれもこの界隈の人間しか使わない言葉だが、それは町の空気の違いも示している。

関内は観光地化されて健全な地域だが、逆サイドの伊勢佐木町、曙町、黄金町は、もともと花街だ。

曙町は現在でも、一大ヘルス街として知られている。性安課がマークすべきポイントだ。

香川が曲がった通りに入って里美は息を飲んだ。

この通りは『大通り公園』だ。

通りは手前から「石の広場」「水の広場」「サンク・ガーデン」「みどりの森」の四つの部分から構成されており、真下を横浜市営地下鉄ブルーラインが通っている。

──大通り公園、大通り公園……。

里美は念仏のように唱えながら歩いた。札幌以外にも大通り公園という通りがいろいろあってもおかしくない。

香川が石の広場のある彫刻の前で足を止めた。「瞑想」という名の彫刻だ。作者はオーギュスト・ロダン。両腕で輪を作り腰をちょっと捻った妙なポーズだ。瞑想をしているというよりも、ハンマー投げの準備とか、ひとりでダンスを踊っているとか、そんな様子に見える。

里美は、さりげなく香川の背後に近づいた。

彫刻の横に屋台が出ていた。焼き林檎を売っている。甘いシロップの匂いが漂ってくる。このあたりは『リンゴの唄』で有名な美空ひばりの生地に近い。

――わぁあああああ。

店の看板を見て、里美は息を飲むどころか、失禁しそうになった。店名が『ピンクの林檎』なのだ。

叫びそうになるのを堪えて、じっと香川の様子を窺った。香川は、ロダンの彫刻の前で、あたりを何度も見渡し、それからゆっくりと屋台の前に進んだ。

店員にひそひそと話しかけ、焼き林檎を三個買った。

クレジットカードで支払っている。

――いくらだよ?

林檎の入った紙袋を抱え、香川は通りを横切り右側の小路に入った。伊勢佐木町通りへとつながる小路だ。

里美は、間合いを取り、その小路に向かいながらそっとピンクの林檎の店先に目をやった。妙に色っぽい白人系ハーフの女性が売っていた。値段が書かれていた。一個五百円。三個千三百円。二個というのはなかった。現金オンリーと書かれている。

——えっ？

と思いつつ、店員には確認せず、香川の後を追った。

大通り公園と伊勢佐木町通りの間に浜っ子通りというのがある。スナックや風俗店が居並ぶ昭和を連想させる通りだ。

くたびれた赤煉瓦（あかれんが）のビルに香川は入っていった。三階建ての細長いビルだ。香川の姿が消えたところで、里美はビルの前を通り越した。横目でビル名を盗み見る。『桃華楼ビル』と金色のプレートが貼られていた。聞き覚えがある。松重主任が札幌で潜入したマンションと同じネーミングだ。

歩きながら、シークレットウォッチを口もとに持っていった。最もセキュリティ性の高い連絡方法はこれだ。

「真木課長、お願いします」

「はい。私よ」

課長はすぐに出た。

「あのSPから回ってきた吉丘里奈ちゃんが受け取ったメモの大通り公園って、送り仮名の、りの字が入っていましたよね」

里美はいきなり切り出した。

「えっ？」

真木が確認している様子だ。

「そうよ、大通りの『り』が入っている」

「札幌の大通公園、は『り』がないと思います」

「あっ」

真木が声を上げた。

「それ、横浜の大通り公園のことですよ。ピンクの林檎という売店もありました」

「なんですって！」

色めき立っている。

「香川がその売店で、リンゴを三個買って、別の通りの古びたビルに入りました。いまそこで待機です」

「わかった。すぐに応援をだすわ。腕時計のカメラアイをオンにしたまま、慎重にビルを映し続けて」

「了解しました」

里美は通りの隅に寄り、桃華楼ビルを見張った。

——札幌は大通公園だ。二年前、雪の中でテロ組織と闘った。

とそこで、新千歳空港に指原茉莉を待たせたままだったことを思い出した。

すぐにスマホを取り出し、茉莉に電話を入れる。

「ごめん、香川は飛行機に乗らなかった。なんだかんだと切羽詰まった事情があって、連絡し忘れていたわ。ほんとごめん」

「なーんだ。でもここで張り込みしていて正解だったわ。たったいま、午前中の打ち合わせで見た写真の男が空港にやって来たわ。マイク富岡」

「あら、気になる登場の仕方ね。マイクはひとり？」

「三十代ぐらいの男がひとり一緒。日本人の顔をしている。尾行するわ」

「その男の顔写真とか取っておいといた方がいいわね」

と会話を続けようとしていたところで、桃華楼ビルから悲鳴が聞こえた。男の悲鳴だった。同時に真っ裸の女がふたり飛び出してくる。

亜矢と唯子だ。

「ごめん、また後で話す」

「私たち、一万円で一発やります」

亜矢が訳のわからないことを言いながら、花冷えの浜っ子通りを新横浜通りの方向に向けて駆け出してくる。唯子が続いている。

その背後から、金髪頭に黒革ジャケットを着た男が追いかけてきた。もうひとりスキンヘッドがいたが、その男は股間を押さえて、ビルの前に蹲(うずくま)っていた。

里美は同僚の方に向かって走った。

ポケットから警察手帳を取り出した。

「そこの女ふたり、公然わいせつ罪！　逮捕っ」

その声に追手の男が急に止まった。

亜矢と唯子が振り向いた。

里美は顎を上げて、前進するようにサインを送った。

ふたりが新横浜通りに向かって全力疾走した。

浜っ子通りの出口にワゴンが待機している。二人がたどり着いた瞬間に自動的にスライドドアが開いた。ふたりが飛び込んだ。

里美も助手席に乗る。

「道々、答え合わせをしよう」

小栗がそう言って車を発進させた。

首都高横浜公園入口から、横羽線に乗り都内へと引き返すことにした。

「私たちを浚ったのは、城東連合よ。彼らは、ジャン＝ポールのボディガードでもあるけど、売春組織のいわゆるケツ持ちでしょう。桃華楼ビルの中には、数人の女が居ましたが普通の娼婦という感じではなかったわ。男もやって来たけど客という感じじゃなかったし」

亜矢が後部席で、ジャージを着ながら言った。

「半グレ集団は、女を金に換えることをひとつのシノギにしている、ケツ持ちではなく、直接組織を運営しているんじゃないのか？」

小栗は聞いた。

「いや、彼らは、どこかから、指示を受けて警備だけを請け負っている感じだった。逆に言えば、だから私たちが誘惑する隙があったんです。自分たちの管轄の女ではないという意識からくる油断ですね」

亜矢の言葉にはある意味、説得力があった。

売春組織を運営している者は、手下たちに商品に手は出させないからだ。商品に手を出したら、徹底的なリンチに遭う。おいそれと誘惑に乗ったりしないだろう。

「あのビルの中では、何が行われているんだ？」

それには、唯子が答えた。

「私の直感だと、あそこは娼婦兼諜報員の訓練所ですね。語学の教材とか、モデルガンも転がっていたもの。直接は会話できなかったけど、あそこにいた女の子たち、どこか眼が据わっていた」

車は川崎の巨大工場群の真横を走っていた。黄昏の空に、白煙や炎が上がっていた。

横目で眺める小栗の脳裏にある仮説が生まれた。

「新入りの吉丘は、諜報員候補生と勘違いされた、ということか？」

つい口に出して言う。

「そういうことかも。『大通り公園　ピンクの林檎　三個』は、桃華楼ビルに行くための符牒。そうすれば筋が通ってくるわ」

助手席で里美が答えた。

「桃華楼ビルは、売春組織であると同時に諜報機関の訓練所であり、情報交換の場所。客を装って入ってくる男も実は、どこかの国の諜報員。そう考えれば、いろいろ腑に落ちるわ」

亜矢が、膝を叩いた。

小栗は頷き、アクセルを踏んだ。早く課長に伝えたい。

助手席で石黒里美のスマホが鳴った。

「札幌の茉莉からメール」

そういいながら里美がスマホをタップした。

「わっ、マイク富岡と一緒に写っているこの男……」

運転中なのに里美が顔の前にスマホを差し出してきた。小栗は瞬時に覗き見た。

「おぉ、都庁の三田じゃん」

マンハッタン・エージェンシーのマイク富岡と都庁職員の三田。

何を企んでいる？

フロントウインドウの先に、着陸態勢を取る航空機が列を作っている様子が見えてきた。羽田空港だ。

ぞくぞくと世界のワルたちが、この国に舞い降りてこようとしているように見えた。

第五章　黒幕の影

1

四月十六日。午前八時三十分。

平日の午前中にもかかわらず新宿御苑には、すでに一万八千人もの人が訪れていた。それもそのはず、今日は内閣総理大臣が主催する『桜を見る会』である。

御苑の中央、『英国風景式庭園』と名付けられたただっ広い平地に総理のお立ち台や茶菓子を饗応する縁台などが設営されていた。その周囲に、戦国の合戦のように人が群れている。

ソメイヨシノの時期が過ぎ、いまは八重桜が満開だ。

「俺は、ソメイヨシノよりも八重桜の方が好きなんだ」

上野公園の花見ばりに大混雑の群衆から少し離れた位置に松重はいた。隣には吉丘里奈がいる。

「何か理由があるのでしょうか?」

里奈に聞かれた。

「ソメイヨシノは美しすぎるんだよ。そして、散るときはいかにもはかない」

いつになく松重は真剣に言った。

「確かに八重桜の方が色も濃くて丈夫そうですね」

里奈も満開の八重桜を眺めながら言う。

「色もそうだが、花びらも多くて艶(つや)やかなんだ。なんていうか花柳界(かりゅうかい)っぽい。まぁ俺の勝手な印象なんだけどな」

大昔のキャバレーの模造ザクラはたいがい八重桜の色と形をしていたものだ。

「たしかに、八重桜の方が大衆的なのかもしれませんね」

里奈が桜に見とれていた。

松重は、女の花びらも、ソメイヨシノというより八重桜の色だな、という言葉は飲み込んだ。

ひと際、人垣が出来ている一帯があった。

芸能人に囲まれた総理が、報道陣の撮影に応じているのだ。

「北大路総理も昭子夫人もご機嫌だな」

「そうですね。でも元ＳＰの私の観点から見ると、これだけＶＩＰが招待されているのに、危機管理は杜撰ですね。ＳＰが招待客に囲まれてしまっている感じです」

里奈が顔を顰めた。

「入場の際のセキュリティもさほど厳しくなかったように思えるが」

そこは松重も気になるところだった。招待状の提示で簡単に入れた。簡単なボディチェックがあっただけだった。招待状さえあれば誰でも入れるようだ。

その招待状も、本来は各方面の功労者となっているはずだが、国会議員枠というのがあるらしく、議員の後援者らが、多く手に入れている。

松重と里奈も、議員推薦枠から招待状を得ていた。警察官僚出身の議員に副総監から手を回してもらったのだ。

最大の目的は、半グレ集団『城東連合』の事実上のオーナーと言われている『百発観光』の顧問、金子正雄の動きを見張ることだが、桜を見る会そのものの警備状況を視察する意味合いも兼ねている。

「内閣府としては、招待客全員の素性を知っているということで、入場時の検査を簡素化しているんですよ。でも誰もが顔を知っている芸能人や有名人なら、見ただけで顔面認証できますが、今日の私たちのように、議員の後援会経由で招待状を手に入れた人なんかは、正直、本人が来たのかどうかなんて、まったくわかりませんよ。大物議員クラスになると観光バスを一台仕立てて、その中でセキュリティチェックを済ませたということで、一気に雪崩れこんでくるみたいですからね。SPや配置されている制服警官も基本は本部の監視モニターだけが頼りということになります」

里奈は桜から視線を戻し、群衆を注意深く観察しはじめた。

「まったくだ。城東連合の事実上のトップがやって来ているほどだからな」

松重も金子正雄を探した。金子は、歌舞伎町を地盤とする有力議員から招待状をせしめたはずだ。

一万八千人の中から、一人の男を探し出す。肉眼で探すのは不可能だ。

だが——。

会場内の各地に設置された監視カメラがとらえた画像は、性安課の小栗のモニターにも送られている。いや厳密には小栗が勝手に警備部のラインに侵入して横取りしているのだ。

しかも、こっちがマークしたい人間だけをピックアップして追っている。

スーツの襟に桜のマークのピンバッジをつけている。なんだかネトウヨのようでもあるが、この場ではそうみられたぐらいが都合がいい。サクラのピンバッジはピンマイクになっていた。首を少し曲げて小声で言った。

「金子は入ったか？」

「五分前に入りました。女を十人ぐらい同伴しています。他に若い男も。いずれも招待状をきちんと提示して入場しました。おそらく議員後援会の婦人部や青年部から横流しさせたものでしょう。いったい何をする気でしょうね」

小栗の声が返ってきた。女たちはいずれも城東連合のレディース部隊だろう。AV女優や特攻隊と呼ばれるハニートラップ用の女たちだ。

「ここには総理の他にもVIPが大勢いる。一緒に写真に納まるだけで、後々いくらでもコネを作れるっていう寸法だろうな」

「芸能人の闇営業と同じですね」

「あぁ、内閣府のほうが反社や娼婦(しょうふ)と、政財界の大物との出会いの場を提供してやっているようなものだ」

「えーといま、金子は庭園の東の端にいます。髪はオールバックで、黒の上下に鼠(ねずみ)

色のベストとネクタイといういでたちですよ。まさに青年実業家気取りですね」

きちんと礼装できているあたりはさすがだ。

「わかった。接近を試みる。小栗はそのまま映像監視をつづけてくれ」

松重は、里奈を伴い英国風景式庭園の東端の方へと向かった。端から群衆の中に入る。有名人も一般人も渾然一体となっていた。

目の前をよくテレビで見かける女優と女子プロゴルファーが並んで通り過ぎていく。どちらも和服姿であった。

その背後からいかにもホスト風の男が接近して声をかけた。

「絵里香さん、ご無沙汰しています。六本木のクリスティでお会いした雷通の賀来です」

声をかけられた澤向絵里香が、きょとんとした顔をした。記憶にないと言った表情だ。しかし、そこは芸能人だ。

「こちらこそご無沙汰しています。賀来さんもいらっしゃっていたんですね」

と返している。

場所柄そう答えるしかないのだろう。

「そちら、ゴルフの岡山日名子さんですね、一緒に記念写真いいですか?」

賀来と名乗った男がすかさず、ゴルファーに歩み寄った。傍にいた同じくホスト風の男にスマホを構えさせている。

「はい、喜んで」

昨年、欧州大会で優勝していきなり注目を集めた新人ゴルファーは、満面に笑顔を浮かべて、頷いた。澤向絵里香は、独特のちょっとむかついたような表情をしている。ホスト風の賀来は、女子プロゴルファーの横に立ち、フラッシュを浴びた。

「オリンピックでも頑張ってくださいね」

そういうと今度は絵里香の方に肩を寄せた。

「絵里香さんもお願いします。クリスティで踊っている姿も素敵ですけど、こうして青空の下で着物を着ている絵里香さんは、さらに素敵ですねぇ」

大げさに体をのけぞらせ、賛辞の言葉を送っている。どうみても、ボトルをねだるホストの仕草だ。

「私、クリスティで踊っていた記憶、ほとんどないんだけどな」

絵里香が不機嫌そうに言う。

「えぇ〜、これ見てくださいよ」

と、賀来が自分のスマホを取り出し、画面を見せている。絵里香の顔が引きつった。どんな画像なのか、松重からは見えない。すぐに小栗に伝える。

「いま女優の澤向絵里香が覗いているスマホの画像、そっちでひろいあげられないか」

「ズームします。あらら、自分でスカート捲って、男の膝の上で腰振っていますね。目が完全にいっちゃっている」

小栗が呆れたような声を上げた。

事情は呑み込めた。酒か薬物かは断定できないが、記憶が飛ぶ状態ではしゃいでいたらしい。城東連合が見逃さないわけがない。

わかった、と言って小栗との会話を終えた。

絵里香は、仕方がないという顔で、賀来に腕を絡めた。賀来は絵里香の肩に手を回しぐっと引き寄せた。シャッター音が何度も上がる。

事実はどうであれ、親密な関係を示す写真となることだろう。

松重は、賀来とすれ違いざまに、彼のスーツの上着の裏に、そっとシールを貼り付けた。小栗が考案した新型GPSだ。先月、下着GPSをあっさり取り払われた経緯をうけて、捕捉距離は短いものの急遽、紙製のGPSを開発したのだ。小栗の執念だった。

賀来という男は、あとで潰してやる。それより金子正雄が当たる相手を確認する方が重要だ。

松重は人混みを掻きわけて前に進んだ。

政財界人たちが談笑している一角に、金子正雄の姿が見えた。

「あの人……」

里奈が金子と話している、初老の男を凝視した。

「知っているのか?」

「スポーツ庁副長官、石戸ゆり子の秘書の渡部淳史です。副長官の警護を担当したことがあります」

「反社の金子とスポーツ庁副長官秘書の談笑とは、面白い光景だな。吉丘はメンが割れているようなら、ここにいろ。俺が会話の内容をチェックしてくる」

松重はそう言った。警察だとわかる里奈が近づいて、会話を中断されても困る。

「わかりました。でも、あそこに石戸副長官の姿も見えます。そばに元の私の上司もいます」

里奈が顎をしゃくった。

黒のシンプルなスカートスーツが実に似合う石戸ゆり子が立っていた。民自党の最大派閥の領袖森本宗利と語らっている。その背後に堂々とインカムをつけた眼光の鋭い男が立っていた。SPだということを示しての威嚇警護だ。

「あの二人の話も聞きてぇな。よし、吉丘、おまえ、内密の警護だと言って接近してこれないか」

「わかりました。SPならごく自然に背後に立っていられます」

吉丘が、石戸と森本の方へと歩いて行った。

2

「いよいよ乗っ取りの最終段階ですね」

金子が渡部にそう囁(ささや)いている。

桜の木の前だ。

「めったなことを言うな。まだ三か月も先のことだ。上手から水が漏れては困る」

ロマンスグレーの髪をきれいに撫(な)でつけた渡部が、眉間に皺(しわ)を寄せた。

「まぁまぁ、こっちは準備万端ですよ。すでに競技場の主要ポイントにいるスタッフは、ほとんど落としています。聖火台まで一直線ですよ。そちらは、札幌の準備も着々でしょう。一気に脅せますね」

金子が、蛇のように口を尖らせた。

「その前に早く小谷都知事を落としてくれよ。あの人が再選されると、また四年待たなければならなくなる」

「わかっていますよ。だけど、警護が本当に固い。いつも明田という女性SPが張り付いていて、入り込む隙間がない」

「その女SPを落としたらいいだろう」

渡部が入れ知恵をしている。

松重は、ノンアルコールビールを入れたプラスチックのコップを持ちながらふたりの話を聞いていた。

渡部と金子の周囲には女たちが大勢いた。いずれも地味な黒やグレーのスカートスーツ姿であったが、化粧はやけに濃い。妖艶でもあった。

その色香に引き寄せられるかのように、中年の男たちが名刺を片手に次々と現れる。いずれも高級そうなスーツに襟章をつけている。議員バッジ、一流企業の社章、弁護士バッジなどをつけた男たちばかりだ。

餌食になることは目に見えていた。

松重の前にも、一人の女がやって来た。

「こんにちは。私、なんだか、ほろ酔いになってしまいました」

しなだれかかってくる。

女友達がスマホを向ける。松重は反射的に、身を翻し、里奈のいる方向に歩き出した。こっちは、どんな写真を撮られても構わないが、いまはかまっている時間がない。

再び小栗を呼び出した。

「石戸ゆり子の秘書の渡部淳史について調べてくれ。城東連合の金子とつながっている。こいつが黒幕のようだ。ただし、目的がわからない」

「了解しました。表プロフィルは三分以内にお伝えします。闇とのつながりは、いろいろやってみます」

「頼む」

と、そのとき、小谷都知事に近づく賀来の姿が映った。都知事の真横には真木課長の同期である警備部警護課の明田真子がぴったり寄り添っている。

「どうも、雷通の賀来と申します。都知事、一緒に写真を撮ってくれませんか?」

賀来が近づいた。

「いやぁ、イベント部の賀来君じゃないか」

その背中に、松重は声をかけた。

賀来の顔が強張った。

「おい、なんて顔をしているんだ。スポーツ局の遠藤だよ」

松重は、そう言ってやる。そんな奴いるのかいないのかも知らない。

「あら、遠藤局長。お久しぶりです」

すかさず明田がそう答える。

「なんだか、少し酔ってしまったようで申し訳ないです」

都知事に会釈し、賀来の腕を引っ張った。

「ちょっと、どこへ引っ張っていくんですか、遠藤局長」

賀来が腕を振り払おうとしている。

「イベント局の江口局長は元気かね」

釣り糸を垂れる。

「お元気ですよ。ここにもいらっしゃっています。いや、僕、もう局長のところへ戻らなくては」

引っかかった。

「そんな局長いねぇよ。てめぇ、どこの人間だ？」

一気に腕を捩じり上げる。

「いや、あの……」

賀来が顔を歪め、しどろもどろになる。そのまま腕を掴んだまま、桜を見る会の会場である広場の外に引っ張り出す。

この時間は一般客は入れていない。そのため、桜を見る会の会場に充てられた英国風景式庭園以外には人気が無かった。

カラマツの木の下に連れ込んだ。

「実は僕、下請けのイベント会社の人間で、それじゃ、ちょっとカッコ悪いんで、雷通さんのお名前を借りまして……」

言い訳をしようとする賀来の腹部に、いきなり膝蹴りを見舞ってやった。しっかり膝頭が、胃袋にめり込む。

「ぐふっ」

賀来が、灰色の液体を噴き上げ、マツの下に両膝を突いた。顔がちょうど松重の膝の前に下がったので、その顔面にも膝を叩きこむ。

「わっ」

今度は鼻から血しぶきを上げた。

「ちょっと借りるぞ」

賀来の上着のサイドポケットからスマホを取り上げた。保存されている画像を呼び出す。

「へぇ～。これだけあれば脅し放題だな」

さまざまな画像が浮かび上がってきた。

男女を問わず、国会議員が大勢写っている。芸能人やスポーツ選手もだ。外国人の要人と思われる男女も写っていた。背景の多くはクラブと思しきものだが、中には議事堂内やスポーツアリーナのバックヤードで撮影されたと思われるものもある。

有名人と半グレのツーショット、女優やモデルがクラブのＶＩＰ室で乱れる様子。

それらの画像を流し見しながら、松重は唇を噛んだ。

これは、とんでもないことになる。

ここに写っている重要人物たちを恫喝したら、この国を乗っ取ることが出来る。

――公安は何をやっているんだ。

敵は内側にありだ。

松重は、賀来の両瞼の上に指を置いた。人差し指と中指だ。瞼を軽く押す。賀来がぎくりと肩を震わせた。場所柄、武器は持ってきていない。素手で最大の恐怖を味わわせる方法はこれだ。

「おまえ、城東連合だよな」

「いや、そうですが、俺は族上がりじゃないっす。クラブでナンパしたのが城東の女で、それで歌舞伎町のホストに売られたんですよ。枕専門です」

いまどきは、風俗に落とされるのは女ばかりとは限らないようだ。

だが城東の傘下ホストだと判明しただけでも、詰めようがある。

「金子は何を企んでいる。きっちり吐かねぇと、ここでお前の短い人生が終わるぞ」

瞼をぐいぐいと押してやる。

「うわぁああ、眼は潰さねぇでくれ。金子は、ロシアに日本を売っちまう気だ。具体的にどうするのかなんて、俺のレベルでは、マジわかんねぇっす。ただ、北方領土の国後島をカジノランドにして、そこを金子が仕切るみたいな話をしていました」

賀来の瞳から涙がぽたぽたと落ちてくる。嘘は言っていないだろう。

「六本木のクリスティの役割は、各界のＶＩＰをたらし込むためだな」

「そうです。ですが、ロシアのアンテナになっているのは、クリスティじゃなくて、同じ六本木のファイブサークルという店です」

ファイブサークル？

里奈が、股間にメモを挿し込まれた店だ。

「どういうことだ」

「ロシアは今回のオリンピックも国としての参加を取り消されたじゃないですか。なんとかそれを阻止しようと、この東京で様々な工作を仕掛けていたらしいんですが、その拠点となっていたのがあの店です。城東連合は、金で頼まれただけですよ。他のことはよくわかんないです。あの店にいるのは、白人も黒人もアジア人もみんなロシア人ですよ」

なるほど、少し見えてきた。

相川と里奈は、あの日、工作員に間違われた可能性がある。

松重は、賀来の瞼から指を離した。賀来が声をあげて泣き始めた。

「あなたは、本職の人ですか？　それとも警察ですか。俺もう、こんなことを喋（しゃべ）ったのがバレたら、生きていけないですよ。頼みます、助けてください」

「生きていたかったら、俺の言う通りにしろ」

「はい、言う通りにします」

賀来がしゃくりあげている。

「俺が消えても、お前はここにじっと座っていろ。絶対に庭園に戻るんじゃねえぞ。これだけ長い時間消えたんだ。金子は怪しまないはずがない。戻ったら必ず殺される」

脅しではなく、親身になって言ってやったつもりだ。

「ひっ、頼みます、助けてください。お願いします」

賀来が土下座し、松重の左足にしがみついた。所詮、半グレは、言葉の通り半端者だ。本職のヤクザならもっとずる賢い取引に出てくるものだ。

「会が終わって、招待者が出たら、歌舞伎町の神野という男がここにやってくる。保護してもらえ」

松重は関東舞闘会神野組にメールしながら教えてやった。

「神野さんって、歌舞伎町のドンじゃないですか」

関東舞踏会はいわゆる与党ヤクザだ。局面によっては、堂々と警察と手を組む。とくに外国マフィアや半グレ集団の仁義なき連中を叩くためなら、国家の側にたつ侠客団体だ。神野は関東舞闘会の直参若頭で、歌舞伎町に自分の組を構えている。

「城東連合の手からお前を守れるのは、本職の関東舞闘会くらいしかねぇよ。しばらく奴の下で働け。おそらく当面は米軍基地に匿ってくれる。治外法権だ。半グレも追ってこない。金子を潰したら歌舞伎町に戻してくれるよ。このスマホは貰うぜ」

「あっ、はい。そちらは関東舞踏会の方だったんですね。すみませんでした。今後はきちんと働かせてもらいます」

賀来は何度も頭を下げた。簡単に寝返るようなやつに用はない。松重はそれには答えず庭園へと歩を向けた。歩きながら奪ったスマホの画像を再点検した。画像をどんどんタップしていく。

十六枚目。

松重は、もともと大きな眼が飛び出しそうになった。

――石戸ゆり子！

真っ裸で、男の膝の上に乗っていた。ゆり子の膝は大きく開き、漆黒の茂みがはっきり写っている。その開いた股の間に、紫色の極太の肉柱がずっぽり埋まっているではないか。しかも男の顔は写っていない。

――すでに、副長官も城東連合の手に落ちている。

突如小栗の声が耳殻に響いた。

「渡部淳史。六十歳。国会議員秘書歴三十五年の大ベテランです。民自党議員だけではなく共立党の議員を担当したこともありますね。つまり政党色に拘らない職業秘書ということですよ。当然政策秘書の資格も得ています。第一秘書だけではなく場合によって政策秘書として就くこともあります。民自党が政権復帰してからは、森本派の新人議員を順繰りに担当していたようです。ようするに国会議員のイロハを教えるためですね。二年前にスポーツ庁の石戸副長官の秘書に回ったのは、スポーツ庁創設に尽力した森本宗利からの要望だったようです。ざっと経歴を見た限り、陳情の捌きかたから、後援会の運営の仕方まで、議員の裏方としての能力は高いです」

「なるほど、裏の顔はないのか？」

松重は努めて冷静に答えた。

「ありありですよ。完全な利権屋です。主に新人議員についているのは、陳情の受け答えや利権構造に詳しくない議員に代わって自分がいいように動かせるからです。十五年ぐらい前から、芸能界とのパイプ役にもなっていますね。芸能プロから政治家に仕立てられる候補者を拾い集めています。いずれも森本派の候補者ですが。さらにいえば、ダイナマイトプロにスポーツ選手や文化人のマネジメントを積極的にやるように言ってますね」

「ほう」

芸能界というのが気になる部分だ。松重はたったいま、賀来から仕入れたあらたな疑惑についても、小栗のサポートを求めた。

「六本木のファイブサークルって店について調べてくれないか？　ロシアとつながっていると」

「ちょっと待ってください。いまアンダーグラウンドウエッブに接触してみます」

カチャカチャと小栗がキーボードを叩く音がする。

「わっ、ここロシアの諜報(ちょうほう)基地ですね。ただしプーチン政権の正式機関じゃないです」

「それはなんだ？」

「ちょっと待ってください」

またキーボードを打つ音がする。

「うーんよくわからない。『ソビエト国』という集団がいるようです。アンダーグラウンドウエッブのさらに深いところまで探らないとならないようなのでもう少し待ってください。『黄金国』と『ソビエト国』が頻繁に取引しているようですが、暗号がすぐには解けません」

半グレ集団などというわかりやすい暴力集団とは異質な、危険な匂いがしてきた。

「おっと、もう一つ繋がりました。この店を運営している『ストレート貿易』の専務、堤慎太郎という男、渡部淳史の二歳下の従弟です。母親同士が姉妹です」

「なんだとぉ」

「すみません、もう少し時間ください。もっと調べます」

そこで会話は終わった。

松重の体の芯が熱くなった。事案の核心に触れた思いだ。

テロ集団と半グレ集団が手を組んで、何かをひっくり返そうとしている。

――いつ、どこでやる？

胸の鼓動が早くなった。

速足で庭園に戻ると、総理がお立ち台に上がって、招待者にあいさつをしている声が聞こえてきた。

「オリンピック後の日本経済をさらに強固にするために、さらなる改革が……」

持論の経済成長戦略を語っている。そろそろ聞き飽きた話だ。

――オリンピックの最中に、すべてがぶっ飛んでしまうかもしれない。

松重は、吉丘を探した。

3

「あら、吉丘さんじゃない」

やはり石戸ゆり子はすぐに気が付いた。

気づかれる前に、升（ます）に入った冷酒を三杯ぐらい飲んでおきたかった。何よりも酒が好きだ。

森本宗利は、近づいてきた巨軀（きょく）の外国人招待者と握手をしていた。どこかの国のラグビー選手のようだった。

森本の背後には輝くＳＰのバッジをつけたかつての上司、岡田が両手を後ろに組んで立っていた。お互い目で通じ合う。岡田は無言で顎を引いた。

「ご無沙汰しています。今日は覆面警護に入っています。ＳＰバッジをつけている者以外にも、こうして、招待客に紛れてそれとなく不審者のチェックをしているんです。私は副長官のおそばに」

人事異動になったことは何一つ伝えていなかった。

「あらそうなの。悪いわね。でもここは、すべて身元の知れた招待者ばかりでしょう」

「はい。あくまでも念のためにあちこちに配備されているだけです。どうぞ、私の存在は気にせずにお願いします」

バッジを外しているときのSPとは影のような存在だ。

「政治家でもない、ただの任命副長官なのに、悪いわね」

「まもなく政治家になるよねぇ、ゆり子ちゃん」

外国人との談笑を終えた森本が振り向き、あろうことか、堂々とゆり子の尻を撫でた。

「先生、いけません。私は個人的にＯＫですけれど、人目があります。お互いのためによくありません」

ゆり子がやんわりと、森本の手をどけた。

――個人的にはＯＫなんだ。

里奈は、驚きを顔に出さないように、聞き耳だけを立てた。

「民自党の都連は内々に石戸ゆり子でまとまっている」

森本が小声で言った。

「小谷知事が続投宣言したら、私の目なんかないですよ。政治経験が違いすぎます」

なんと石戸ゆり子は、参議院などではなく、東京都知事に出ようとしているのだ。

「いや、小谷さんは出ないよ。というか、我々が出られないようにする。なんとしても出られないようにする。あの女のおかげで、わしはどれだけ恥をかかされてきたかわからない」

森本は顔を真っ赤にした。

確かに小谷都知事は、当選以来、新国立競技場の建設デザインの見直しや築地市場跡地の活用をめぐり、それまでに決まっていたことをことごとく覆した。

それがスポーツ族のドンと言われる森本の顔に泥を塗り続けたのは事実だ。

新国立競技場のデザインの見直しによって、建築は遅れ、ラグビーワールドカップの開催は他会場に回された。

築地市場の跡地はそれまでの計画では、選手村の出来る晴海地区へ直行できる道路が出来るはずであった。それが、知事の豊洲への移転反対によって、停滞してしまった。

お陰で選手は、とんでもなく迂回しながら都内の会場に入らねばならなくなった。

森本が小谷を忌み嫌う理由はそこにある。

「都知事選はオリンピックの直前にある。それまで、ゆり子ちゃんは頻繁にメディアに顔を出して、告示直前に出馬宣言をするのがいい」

「わかりました。その辺のことは、森本先生のご指示通りに」

ゆり子がお立ち台の上の総理を見上げながら言った。

それ以外にも何か大きな利権が絡んでいそうだ。

そこに松重がやって来た。いきなり耳もとでささやかれた。

「石戸ゆり子と接点を持ちたい。うまく誘導してくれないか」

大ベテランの松重が、いつになく、焦っている感じがした。里奈は驚いた。

「どうしたんですか？」

「いや、俺にも、何が起こるかわからない。その一端が石戸ゆり子を叩くことで、垣間見えてくるかもしれない」

第六章　工作可能（ミッション・ポッシブル）

1

「ソビエト連邦回帰主義者？」

　真木洋子は、聞き直した。警察庁の最上階にある長官官房室特別会議室だ。

「そうです。その集団が『ソビエト国』を組織しているんです。旧ソ連軍の武器の横流しなんかも彼らのビジネスです。テロ集団だけではなく、マフィアなどもこの組織から武器や情報を買っています。彼らはかつてアメリカと肩を並べた『大国としてのソ連の復活』をスローガンにしているわけですよ」

　小栗が、アンダーグラウンドウエッブサイトのさらに奥底を掻（か）きまわして『ソビエト国』について拾い上げてくれた。

会議室は本日一日、性安課の貸し切りになっている。

ゴールデンウイーク明けだった。

東京オリンピックの開会式まで、いよいよ三か月を切った。

岡崎が公安部外事課から仕入れてきた情報を報告した。

「公安やCIAの見方としては、社会主義への回帰というイデオロギーの問題よりも、プーチン政権の長期化によって、要職につける見込みのなくなった連中が海外の反動勢力と結びついて、プーチン政権の転覆を画策しているというものです。その看板として『ソビエト連邦復活』は見栄えがいいんです」

窓から見える空は、すっきりしない灰色だ。いまの洋子の気持ちに似ていた。

「でも、いまさらそんな古色蒼然(こしょくそうぜん)とした看板を持ち出してきたところで、ロシア国民の支持は上がらないでしょう？」

社会主義国の盟主だったソ連が崩壊したのは一九九一年のことだ。

すでに三十年近くの歳月が流れており、完全でないまでも民主主義と市場経済が根付いているはずだ。

「課長のおっしゃる通り、いまさらソビエト時代に逆戻りすることは、まず考えられません。ただ、今回のWADA（世界反ドーピング機関）による判断は、国民感情を逆なでしています。かつての強いソビエトなら、こんなことにならなかっただろうと」

国家絡みの薬物疑惑だ。いまもこの問題は解決されていない。

ＷＡＤＡは平昌冬季オリンピックに続いて、ロシアに対して国としての国際大会への参加を拒絶する方針を打ち出し、ＩＯＣもこれを支持している。ロシアは東京オリンピック・パラリンピックに国家として参加できないのだ。

「そこか……」

洋子はため息をついた。

グローバル化がいかに進もうと、オリンピックでは各国が国旗を背負って戦っている。それは疑似世界大戦ともいえた。

日頃は帰属意識のない人々までも、この時ばかりは自分の国の旗を振って声援を送るのだ。

――ロシアは国旗を振れない。

これはロシア人にとって大きな悲しみとなる。

テロリストたちにとんだ大義を与えてしまったかもしれない。

「六本木のファイブサークルについては？」

洋子は相川に質問した。相川が手帳を広げた。松重と相川だけはいまだに手帳派だ。他の捜査員はすべてスマホかタブレットにメモっている。

「店は五大陸を表す五つの円形カウンターに分かれている立ち飲みバーですが、カウンターの中にいたのはたしかに全員ロシア人でした」

松重はすかさず注釈を入れた。

「五大陸すべてをロシアが仕切るという理想が込められているらしい。あの店で拳銃を仕入れていたシベリアマフィアが言っていた」

「そういうことだったのね」

洋子は頷き、相川に先を続けるように目配せした。

「円形カウンターの中にいるバーテンダーはすべてロシア人でした。十一月に自分と吉丘があの店であったエミールという若者は、錦糸町生まれのノルウェー系日本人だといっていましたが、実はロシア人です。両親は元KGB。八五年に日本にやってきて錦糸町で北欧料理店を始めます。ロシアというと、当時はまだ共産圏の人間として奇異にみられたからだと思います。北欧を名乗れば客は気軽に来ます。九五年に生まれたエミールは、日本人ですがいわばスリーパーでした。彼らはいま、ロシアからソビエト国のエージェントに変わっています」

「本家ロシアの諜報員（ちょうほういん）は、彼らの抹殺に動いていないの？」

洋子は聞いた。

岡崎が引き取った。

「もちろんロシア情報局も監視はしています。ただし、アメリカや中国、それに日本の内閣情報調査室（サイロ）への監視に忙しく、ソビエト国にまで人員を割けないというのが実情です。特にオリンピック絡みでは同胞として、ＷＡＤＡやＩＯＣに関する恨みは同じです。あくまでも法治国家を自任するプーチンはスポーツ仲裁裁判所へ提訴する構えですが、ソビエト国が何か事を起こすならば、見て見ぬ振りするはずです。ですからことオリンピック絡みのテロ行為には阻止に動かないと思います」

あれは我が国の意志ではない。反動勢力が勝手にやったことだ、とプーチンは弁明することだろう。

「ねぇ、ところで、吉丘に『大通り公園　ピンクの林檎　三個』の伝言を渡した件の裏は取れた？」

洋子は聞いた。札幌と横浜の勘違いは判明したが、なぜあの夜、吉丘にメモが渡されたのか、まだ判明していない。

「その件に関しては新垣から」

相川が唯子を指さした。唯子は珍しく椅子に座っていた。長官官房室の会議室は円卓テーブルなので角がない。股間を押し付けるべき場所がないのだ。

「先週、エミールを錦糸町でナンパしました。東京スカイツリーでしゃぶってあげて、発射直前にやめて、勃起しているアソコを、スマホで撮影しました。そこで私、問い詰めたんです。チェコ人のセルゲイを知っているわね、と」

唯子は身振り手振りを入れて話している。セルゲイは東欧からの娼婦(しょうふ)の受け入れ要員だ。

「新垣さん、過程はいいの。なぜ吉丘だったか、わかったの？」

「あの店の一番奥のカウンターで、女性がウォッカを三杯つづけて飲むと、それは『ピンク・エージェント希望』の女というサインになるんだそうです。酒にめっぽう強いということを証明して見せるという意味もあると」

そう聞いて、洋子は噴き出しながら吉丘に視線を向けた。吉丘は、額に手を当てて、天を仰いでいた。

「まぁ、なかなか九十六度のウォッカを三杯飲む女はいないわな」

松重までもが、唖然(あぜん)としている。

「そこで、希望者を横浜の大通り公園の屋台『ピンクの林檎』にいかせるんです。

三個買ったら、桃華楼ビルへの地図がもらえます。伝達に関してはアナログに徹しているんです。ネット系は必ず、うちの小栗さんのような人がいて、突破してくるからです。吉丘さんが、その符牒(ふちょう)の意味を知っていて、横浜に行ったら、まずは半グレの男たちに身体検査されて、逃げられないように調教されてからスパイとして潜り込まされたはずです。私と亜矢ちゃんは、逆にマニラかマカオに売り飛ばされるところでした。ソビエト国はマニラにもマカオにも拠点を持っています。香川があの店に入ったのは、情報交換のためです」

「お互い、危ないところだったわ」

里奈が、また額をポンポンと叩(たた)いた。若いのにオヤジ臭いポーズだ。

酒に強いのもよしあしだが、これはセルゲイ側の勘違いだったというわけだ。

「上原さん、渡部淳史と堤慎太郎については調べ上がりましたか？」

洋子は、次に亜矢を指した。

「では、私が堤と寝た話はカットします」

亜矢はまずそう切り出した。

「その部分はカットで結構です。性安課刑事はキャバクラの特攻隊ではありません。ただ手段は本人たちに任せるというだけですから」

洋子は注釈をつけた。亜矢が続けた。

「堤は従兄の渡部に頼まれてソビエト国との連絡役になっています。堤との寝物語では、渡部が『黄金国』の主宰者らしいというところまでは聞き出せました。堤があまりにも早漏だったんです。もう少し発情させたまま会話を繋げるべきでした」

亜矢がうなだれた。アドバイスのしようがない。

洋子にはおおよその見当がついていたことだが、渡部が黒幕と知り、一同がため息をついた。

「指原さん、札幌の最新情報は？」

「ゴールデンウイークを境に、大通公園の周囲から闇風俗が撤退し始めています。周遊でマラソンコースに決定した都心部は、北海道庁や商業ビルが居並ぶメインストリートで、風俗店を開きにくいせいだと思います。マイク富田はそこを視察したはずです」

茉莉が答えた。

「大阪、京都はあいわらずハーフの娼婦が増えていますよ。マンハッタン・エージェンシーの大阪支社も出来ている」

波留が追加した。

洋子は頷いて、全メンバーを見渡した。

「マンハッタン・エージェンシーは私の担当でした。この会社はアメリカ側の民間諜報部門とみていいですが、マイク富田と道畑カレンはもともとはロシア情報局のスリーパー。アメリカ大統領選の状況などをモスクワに伝え、現在の大統領、あの金髪のデブを勝たせるように世論操作に一役買っています。ロシアから見て、インテリ女が大統領になるより、儲け話でどうにでもなるビジネスマンの方が都合よかったんです。その後、プーチンよりもビジネスライクに話せるソビエト国のエージェントに鞍替えしています。ハーフの娼婦の工作員教育などは、マンハッタン・エージェンシーが担っています。ナナオもカレンもニューヨークで訓練を受けた立派な工作員ですよ」

洋子は一気に喋った。

「どうやら、この情報を並べると、構図が浮かんでくるようだな」

松重が言いながら、電子葉巻を取り出した。入道雲のように黙々と煙を吐きだす。

「こちらが振り回されたのは、敵も爆破するポイントを絞り込めなかったからですね」

洋子は電子葉巻の煙を払いながら、笑った。

「IOCがテロ対策まで計算に入れて、ダッチロールしていたとすればこれは拍手ですね」

小栗がノートパソコンのキーボードを叩きながら言った。

「小栗君、いまの話とこれまでの報告をすべてあなた流にまとめて、そこのモニターに映し出してくれる？」

洋子は六十型の液晶テレビを示しながら命じた。小栗がすぐにセットアップした。

液晶に要点が浮かんだ。

①「ソビエト国」

ロシアの反主流派勢力。かつての強いソビエト連邦こそロシアの目指すべき姿と標榜(ひょうぼう)しているが、社会主義への回帰とは言えない。ようするに現在のプーチン体制への不満からオリンピックでの揺さぶりを計画していると思われる。

六本木の『ファイブサークル』は情報基地。

外国人系売春組織『桃華楼』を組織し、日本の政財界人、日本を訪れる重要人物にハニートラップを仕掛け、操り人形を作り上げている。

②「マンハッタン・エージェンシー」
米国の広告代理店だが、ソビエト国の諜報活動を側面から援護している。外国人系娼婦の諜報員としての訓練。自社の諜報員を使っての日本企業や官庁へのハニートラップ工作など。大阪へ支社を出したのは、オリンピック後のカジノ誘致で大阪だけは鉄板であり、その利益誘導の先兵になると考えるのが妥当。

③「黄金国」
スポーツ庁副長官石戸ゆり子の秘書渡部淳史が作り上げた虚構のグループ。ソビエト国と取引するためにそう名乗っているが、おそらく利権獲得のためのグループ名。実態は城東連合、政界、スポーツ界を束ねる利権屋集団だ。『渡部機関』とみるのが正しいかもしれない。

スポーツ族議員のドンである森本宗利は、おそらく、渡部淳史に弱みを握られ、操られている。渡部の魂胆は、日本の政財界の黒幕になること。城東連合を闇の軍隊だと考えている。かつての政界フィクサーと任侠(にんきょう)団体の関係に似ている。石戸ゆり子は、すでに渡部の手に落ちている。渡部は石戸ゆり子を都知事に仕立て、東京から国政を揺さぶろうとしているのではないか。

④「城東連合」
日本最大の半グレ集団。事実上のオーナー金子正雄は、政界に明るい渡部と組んでロシア利権に食い込もうとしている。武力の他に六本木のクラブ「クリスティ」を渡部やソビエト国のために提供。城東連合としても傘下の風俗嬢、ホストを使ってハニートラップを仕掛けている。

⑤渡部「黄金国」（策略）×金子「城東連合」（武力）
黄金国が参謀本部で、城東連合が軍部とみるとわかりやすい。

「ソビエト国」と取引。最終目的は、ソビエト国一派がロシア政界の中枢に立った際に国後島をカジノランドにしようと目論んでいる。

⑥札幌事情
ソビエト国、および黄金国は、オリンピックにおける破壊工作を計画してい

たが、マラソンの開催が札幌に移動したことを受け、同市大通公園周辺に狙撃ポイントを定めようとしたが、コース設定が遅れたため、絞り込めずにいた。マンハッタン・エージェンシーの道畑カレンに都庁職員三田を誘惑させた結果、コース設定は公式発表よりも数日早く知りえたものの使えないと判断、撤退した模様。

⑦ではソビエト国はどこを狙うか？

メモはそこで終わった。

「そこよ。ソビエト国はどこを的にかける気かしら？」

洋子は呻くように言った。

「そいつを探るには、石戸ゆり子を叩くしかねぇな。吉丘、段取りはまだか？」

松重が里奈を睨んだ。

「SPの立場で段取りをつけるのは難しいです。行動は探れますが、どこかに引っ張り込む口実がありません」

里奈がため息まじりに言った。

ディフェンス部門の習性がまだ抜けていないようだ。

「使える女がいます。森本の秘書です。小池英子といいます。彼女に誘い出させましょう」

岡崎が提案してくれた。この男もやっとキャリアのプライドを捨てて、淫場を踏むのに慣れてきたようだ。

「その線で頼む」

松重が言って電子葉巻をしまった。

2

五月二十七日。

東京オリンピックの開会式まであと二か月となった日のことだ。

松重は、国会議事堂へと出向いた。衆議院と異なり、参議院は議員の紹介がなくても見学できる。

一般見学者と共に、一通り見回った後に中央広間に降りた。衆議院にはない広間だ。荘厳な造りだ。閉会しており誰もいない。衛視には本庁から手を回してもらっている。三十分は誰も来ない。

午後の柔らかい光に包まれている。大理石の床は磨き抜かれていた。三体の銅像があった。

伊藤博文（いとうひろぶみ）、板垣退助（いたがきたいすけ）、大隈重信（おおくましげのぶ）の立像だ。台座だけがもうひとつある。政治の完成はないということを意味しているらしい。

言われた通り、大隈重信の像の裏側で待った。かくれんぼか？

「石戸副長官こちらですよ。この像だけは覚えておいた方がいいです」

女の声がした。小池英子のはずだ。

「小池さんありがとう。やっぱり見ておくべきよね」

今度は石戸ゆり子の声がした。

「それはそうですよ。衆議員と違って参議員は、出馬の計画が立てられますからね。森本先生もたぶん、都知事が不首尾に終わった場合、すぐさま参議員選に立たれるように準備すべきだと考えたんでしょうね」

「本当にありがたいわ」

「でも副長官、本命はあくまでも都知事選ですよ」

英子がそう言っている。岡崎に仕掛けさせた罠（わな）だ。

「もちろん、そのつもりですよ」

「今日は、議事堂の案内にかこつけて有力支援者の方もここに呼んであります。こっそり会ってください。警察関係の票をまとめられる方です」

「えっ、そうなの？」

ハイヒールの音だろう。コツコツ降りてくる音がした。

「大隈さーん」

と呼ばれたので、松重はぬっと立像の背後から前に出た。茶色のスーツを着ていた。刑事用の官給品だ。

「わっ」

石戸ゆり子がもともと丸い眼を、さらに大きく見開いている。白のスカートスーツ姿だった。

「驚かせて申し訳ありません。訳あって名乗れません。警察庁の大隈とだけ言っておきましょう」

「わかりました。石戸です」

ゆり子がぺこりと頭を下げた。愛くるしい表情だ。自分と同年齢とは思えなかった。

「どうぞ、二十分ほどゆっくりお話ししてください。私は衛視さんが来ないか通路で見張っています」

英子がローファーの音をバタバタと立てて、去っていく。通路には岡崎が待機しているはずだ。

「ふさわしい候補者かどうかの裏面接でしょうか？」

ゆり子がお茶目な感じに肩を竦め、舌を出した。

「まぁ、そんなものです。この写真が気になりましてね。所持していた者が、ちょっと気になる存在だったので、どうしても事情が知りたいと思います」

松重は、スマホを差し出した。

先月、新宿御苑で賀来から取り上げた石戸ゆり子のセックス写真が写っている。

「えっ」

ゆり子の顔が瞬間的に蒼白になった。

「鑑識の結果、合成ではないと断定できます」

「どうしてその写真を」

ゆり子の声が裏返った。

「反社の人間が所持していました」

もったいをつけずにあけすけに言う。相手は沈黙した。必死に対応の仕方を考えている風だ。

「私は正真正銘の警察官です。この写真を公表する気などありません。ただし、一枚あるということは拡散される可能性が十分あります。きちんと事情を説明していただければ、警察庁の名に懸けて、根絶させますが」

正直根絶する自信はない。だが、撮影元がわかれば、かなりな予防は出来る。

「脅されているんです」

ゆり子が覚悟したようにつぶやいた。

「誰に？」

「私の秘書にです」

「渡部淳史氏ですね。この画像に映っている男根の持ち主ですか」

「そうです」

コクリと頷いた。渡部、でかい。

「詳しく話していただけませんか？」

「出会いは、スポーツ議員連盟のパーティです。渡部は、新人議員の秘書でした。党は違うのですが酒乱の議員がいて、私に『おっぱい触らせろっ』と絡んできたのを阻止してくれたのが渡部でした。その後、私たちは恋愛関係になりました。お互い中年ですが独身同士です。私は夢中になり、渡部の口利きで、テレビにも頻繁に出られるようになり、いつの間にかスポーツ庁の副長官に任命されました」

ゆり子はぼそぼそと話している。

「分別ある大人の恋愛関係であれば、ふつうこんな写真が反社に渡ることはないでしょう」

松重は結論を急いだ。

「渡部は普通の大人ではありませんでした。あの男そのものが反社です」

「というと？」

松重は誘導した。

「四十年近く国会議員秘書をやりながらコツコツと大物政治家や各省庁の官僚の、弱みを握っては脅しているんです。森本先生も十年以上も前から渡部に操られていたはずです。シャブ漬けにした女性タレントに肉弾接待をさせていたはずです。森本先生が、ＩＯＣとロシアの両方に太いパイプがあることを知っていたからです。渡部はその両方を手に入れたがっていたんです。でもオリンピックの東京開催が決定してから、渡部は森本先生をふがいなく感じるようになっていたようです。東京のコントロールを小谷知事に奪われたからです。ロシアに関しても後輩である北大路現総理の方が圧倒的にプーチンとの絆が強くなってしまいました。だからソビエト国の支援に回ったのですが森本先生は反対でした。それで今度は森本先生にも圧力をかけるようになったんですよ」

「渡部とは、とんでもない奴だな」

「私も、副長官に就任するなり、それまで隠し撮りされた性交写真を見せられ、言う通りに行動しろと言われました」

「たとえば？」

「札幌でのマラソンのスターターに小谷知事を招聘するように仕向けるとかです」

「何のために？」

聞くとゆり子の顔が引きつった。

「わかりませんが、たとえば狙撃とか？　知事だけとは限りません。当日はたぶん、相当なVIPがやってきます。本当は札幌ドームの方がよかったんです。改装工事に工作員を送り込んで、あちこちに武器を隠しておくことが出来ます。それで、私に積極的に札幌ドーム案を発言させたんです」

それで大通公園の周辺のマンションで、テストしていたわけだ。あのガラス箱のようなペントハウスからなら、三方を狙えることになる。

　マイク富田と都庁の三田が下見に出向いたのは、新たな狙撃ポイントを探すためだったのだろう。なにも狙撃ばかりとは限らない。爆薬を仕掛けて遠隔操作することなどわけない。

「狙いを東京に変えたんじゃないですか？」

　松重が目に力を込めてきくと、ゆり子の眼尻がピクリと動いた。知っている表情だ。

「テロが起こって、一般市民が巻き込まれたら、石戸さん、あなた一生後悔しますよ。少なくとも私は、あなたが議事堂を出た瞬間にどんな難癖をつけてでも逮捕する」

　この議事堂内では逮捕権がない。

「警察に協力するとしたら？」

　ゆり子の唇が震えている。逮捕される恐怖ではないはずだ。渡部と城東連合からの仕返しが怖いのだ。

「渡部と金子を逮捕し、城東連合を壊滅するまで、警備部、公安部、組織犯罪対策部の三部で、石戸さんのことを集中管理します。集中管理というのは二十四時間三百六十五日、片時も目を離さず警護するということです。ＧＰＳ、マイク、盗撮用の眼鏡（めがね）なども装着していただきます」

本当だ。時にはこの方法で、抗争中の反社の組長を守ることもある。

「わかりました。私が知っていることをお話ししましょう。ただし、条件があります」

ゆり子が潤んだ瞳をハンカチで一度拭くと、松重の顔をまっすぐに見据えていた。覚悟の眼差（まなざ）しだ。

「自分が出来ることなら、何でもやります」

「この場で、ファスナーを下ろして、男根を見せてください」

小悪魔のような顔が確かにそういった。へっ？　と松重は息を飲んだ。

「私、渡部からひとつ教わりました。セックスの写真を撮った者にしか本当のことは言うなということです。大隈さんにとって絶対に出されたくない写真をここで撮ったら喋ります」

ゆり子がスマホを取り出した。

「出すだけですか？」

さすがに声が上擦った。チンポを撮影されたことはない。

「あなたは、私の性交写真を持っています。あなたが私を恫喝する可能性もゼロじゃありません。あなたが私に挿入している写真を撮ります」

ホワッツ？　いまこの女、なんて言った？　かなり混乱した。

「やるんですか？　やらないんですか？　私、秘密を共有できないと信用できません」

理にはかなっている。

だが、やろうとしているのはセックスだ。しかもサイズ的に渡部には負ける。

引くわけにはいかない。

「やります」

「それでは挿入したら、テロの計画についてお話しします」

ゆり子はそういうと大隈重信の立像の背後に回った。動画撮影モードにしたスマホを床の上に置いた。カメラは天井を向いている。ローアングル撮影だが、これならば顔から股間まですべてが収まる。

松重は、ファスナーを下げた。露出するだけならば、これでいいが挿入するとなると、ズボンとトランクスを膝下まで下げた方がいい。松重はベルトを外した。ずるずるとズボンが落ちていく。情けないことにもう勃起していた。

目の前で、ゆり子が白のタイトスカートを捲り、ナチュラルカラーのパンストを引き下げ片足ずつ引く抜く。エライ卑猥な光景だ。ここは国家議事堂だぜ。

「スカートは穿いたままでいいですね」

「それは石戸さんの自由です」

ゆり子が一瞬スカートの裾をぐいっと、腰骨のあたりまで上げ、パンティの脇に手をかけた。

「白のスカートに真っ赤なパンティですね」

呆けたようにそんな言葉を口にした。

「私も元オリンピックアスリートですから」

日の丸ってことだ。

パンティを脱ぎ終えると、ゆり子は大隈重信の足元に手を突き、形のいいヒップをポンと突き上げてきた。バックスタイルだ。

白のタイトスカートの裾を自ら捲り上げた。

真っ白で引き締まった尻山の間から、ぽっと火照ったような紅色の渓谷が覗けた。アスリートのおま×こ。おぉ！

「入れます」

松重は亀頭を紅い渓谷にあてがった。ぬちゃっといやらしい音がする。どんなに清らかに見えるひとでも、濡れたここの音はいやらしい。

「はいっ。挿入してくださいっ」

ゆり子の細い首に筋が浮かんだ。

松重は腰を打った。ずるっと亀頭が、秘孔に潜り込む。強い圧迫を感じた。

「あうっ」

ゆり子が自分で口を押さえた。そのまま真下を向いてカメラが回っているか確認している。反転させた液晶に、肉の繋がっている様子がはっきり写っている。

往復させた。

「あんっ、いやっ、こんな場所なのに、気持ちいいっ」

真下からのアングルはとんでもなくいやらしい。自分の物とは思えないような茶色の肉茎が、蜜に塗れて出たり入ったりしていた。

天窓のステンドグラスを通して五月の日差しがさんさんと降ってくる。

「大隈さん、怒っていませんかね」

「そんなこと、挿入しながら言わないでください。私、早稲田なんですからっ」

「おぉおお」

なんだかそう聞くと余計に燃えてきた。恩師の前で犯している気分だ。ちなみに松重は高卒だった。

ずんちゅ、ずんちゅっ、と肉棹を行き来させた。さすがにアスリートの膣路は引き締まっている。どんどん圧迫されて、亀頭に淫気が溜まってきた。

「それで、ソビエト国はいつどこで、テロを仕掛けるんですか」

一気にピッチを上げながら聞いた。亀頭を前後だけではなく、斜めに突き動かし、右手を伸ばして陰核にも触れた。ゆり子の陰核は大粒だった。

「オナニーいっぱいしているでしょう」

思わず、そんなことを聞いてしまった。

「いやんっ、どうしてわかるんですか」

「マメも触るほど大きくなるものです」

「私、棒高跳びの選手でしたから、ついつい、こすっちゃう癖がついて」

ゆり子が頬を真っ赤に染めている。

その言葉を聞いた途端にちょいと漏らしてしまった。先走り汁だ。ゆり子が棒高跳びの棒に股をこすりつけていると思うと、もうそれだけで射精してしまいそうだ。

松重は、猛烈に腰を振った。板垣退助と伊藤博文が口笛を吹いて声援してくれているようだった。

「あっ、うわっ、いやんっ。そんなめちゃくちゃ突かないでください」

「テロは、テロはどうやって」

とにかくそれだけは聞かねばなるまい。

「聖火よ。聖火ランナーが点灯した瞬間に、ドカン。聖火台の鉢の中に爆弾を仕込むはずです。そう言っているのを聞いたの。わっ、あっ、昇く」

ゆり子が両脚を突っ張らせた。内腿もフルフルと痙攣させている。

「聖火かぁああ。あああああああっ」

松重は盛大に爆ぜた。精汁がマシンガンの弾丸のように飛び出していく。

「いいっ。すごく気持ちいい」

最後にゆり子も尻を打ち返してきた。

「聖火台だ、聖火台が爆発する」

と、うわ言のように唱えながら、亀頭を爆発させてしまった。あぅ……。

3

七月二十四日がやって来た。

一般入場者がほぼ入り終わったところだった。午後六時だった。開会式のスタートは午後八時。まだ二時間あった。

真木洋子は、各国の首脳が居並ぶ予定の二階特設貴賓席の真横に立っていた。Cコーナーだ。

隣に同期の明田真子が立っていた。真正面には陸上競技の百メートルコースが見える。つまりこちら側がメインスタンド。向こう正面がバックスタンドだ。大型スクリーンが見える。

正面から見て三時の方向が南サイドスタンド。九時の方向が北サイドスタンドだ。

ふたりで、北サイドスタンドの上方を見上げていた。

聖火台だ。可動式の聖火台だった。

開閉式の競技場のため開会式と閉会式のみ聖火台は競技場内に設置される。

陸上などの競技が開始されてからは外に置くことになっている。

石戸ゆり子の情報を得てからは、警視庁が聖火台そのものを厳重に警備していた。設置のために運び出すまで、四人の警備員が二十四時間付きっきりで、聖火台と当日使用するトーチを見張っていたのだ。

ソビエト国は、恐らく聖火台に爆破物を仕掛けるのは諦めたはずだ。

だが競技場で何か騒ぎを起こそうとしているのは間違いない。

七月十五日、突如六本木の『ファイブサークル』も『クリスティ』も店を閉じた。

ここからがオリンピック本番という間際に店を閉めたということは、ソビエト国も城東連合も、すでに作戦準備が完了したということだ。

どこを攻めてくる？

洋子も真子も苛立（いらだ）っていた。

「大量の女性工作員が送り込まれているはずだけれど、見分けなんてつかないわ。真夏だし、女性はみんな露出度の高い服装で来ているし」

洋子が、スタジアムを埋め尽くした観客を眺めながら言った。

「全国から三万人もの警察官を東京に集めたけれど、それでも足りないわ」

真子が、ため息をついた。洋子は聞いた。

「この中には何人仕込んでいるの？」

「一般客にまぎれこませた私服刑事は千人よ。それでも五万人の観客の中に入ったら、無力よ」

「一人が五十人を瞬時に見ることは出来ないものね。それにボランティアの中にもどんな敵がいるかわからない」

洋子は真子に同情した。

容疑者を追い詰めるオフェンス部門もしんどいが、SPのようにどこからやってくるかわからない敵から、ひたすらマルタイを守り抜かねばならないというのも、ストレスのたまる任務だ。

とその時、耳殻（じかく）の中で小栗の声がした。

「Fコーナーの通路に金子正雄が現れました。数人の外国人女を連れて歩いていますが、彼の目の前をロシア国旗の小旗を持った中年の男たちが三人歩いています」

Fコーナーは、洋子たちのいる位置から見て一時の角度だ。聖火台の一つ先のコーナーに当たる。

「了解」

洋子はすぐに真子に聞いた。

「来場するロシア関係の重要人物は？」

「いないわよ。日本はホスト国として招待状を出していたんだけど、返事はなかったみたい。国家として参加できていないことに対するロシアの意地よ。だけど、一般のチケットは手に入れているでしょうね。個人参加の選手たちもいることですし。大使はこないまでも、公使やモスクワ副市長とか、ナンバー2クラスがやってきているんじゃないかな」

こうした場合、一段階下のクラスを送るのが外交の世界では慣例になっている。

「ねぇ、一般チケットで入ってきたら、警護の対象はどうなるの」

ちょっと気になるので聞いた。

「それは一般人扱い。ディフェンス部門ってそんなもんよ」

真子はそっけなかった。ということは無防備ということだ。

「ごめん、私はオフェンスだから、ちょっとやっつけてくる」

真子は、SPバッジを外して通路に向かった。腕時計に仕込んだマイクで小栗に叫ぶ。

「金子の前にいるロシア人を探して、顔面認証して」

「畏(かしこ)まり！」

Cコーナーから F コーナーに向けて人混みを掻き分け、通路をひた走る。ほぼ半周する形でたどり着いた。

金子の後姿が見えた。

スタンドに降りるゲートの手前だった。確かに目の前にロシア国旗を持った男が三人ほどいたが、いまは金髪の女たちに囲まれている。

女たちはロシア語で話していた。多少なら洋子は理解できた。

「ねぇ席が近いですね。どうせならロシア人同士並んで応援しましょうよ」

「わかった。隣の客に交渉しよう」

男のひとりもそう答えている。

どの女たちもノースリーブのシャツに薄い生地のロングスカートを穿いていた。下半身のシルエットが丸見えだ。籐のトートバッグを提げている。

「課長、そこにいるロシア人はサンクトペテルブルクの市会議員たちですよ」

サンクトペテルブルクはプーチンの出身地。いわばお膝元だ。

「いずれもクレムリンの中枢の連中ですよ。女たちはたぶんソビエト国の工作員。マンハッタン仕込みのやり方だったら、たぶんポケットに覚せい剤を仕込んでいます。粉はセキュリティに引っかかりません」

「わかった。私がこの時点で騒ぎを起こして、食い止める」

洋子は売店で透明なプラスチックカップに入ったビールを六個購入した。トレイを借りる。トイレを持ったまま、ゲートを降り、金子の一団を探した。

女たちはサンクトペテルブルクの議員たちの背後を歩いていた。麻のサマースーツにパナマ帽を被(かぶ)った金子が一番後方についている。

急ぎ足で降りる。洋子は金子を追い越し、わざと足を滑らせた。

「あぁぁあああ。そこの大きなお尻、じゃまっ」

六個のビールカップが宙に浮く。狙ったとおり女たちの腰回りとトートバッグの内側に黄金の泡と液体が飛ぶ。

「いやぁ、パンツまで染みる」

「ちょっと、バッグの中身が、びしょ濡れじゃん」

「あんた、なにするのよ」

女たちは日本語で叫びながら、洋子を罵(ののし)った。おあつらえ向きだ。

「そんな大きなお尻で、通路を塞いでいるからいけないんでしょう。ビール代弁償してよ」

大きな声で喚(わめ)きまくってやる。

覚せい剤は、たとえパラフィンシートに包まれていても、アルコールなどの液体を注がれると溶解しやすくなる。使用する際シートに付着した水滴を丁寧に拭き取らねばならないという手間もある。

警備員が数人歩み寄ってきた。金子が「散れ」と日本語で言った。女たちは、濡れた格好のまま、通路を引き返していく。

「ちょっと、弁償！」

洋子は振り返りながら叫んだ。金子と目が合った。いきなり腕を掴まれる。

「おまえ、客を横取りする気だな」

別な娼婦グループと間違われたようだ。それならそれでいい。

「ふざけないで。私は友達の席までビールを運んでいるだけよ」

「友達ってどこだよ。席番を見せろよ」

金子がぐいぐいと腕を引いて階段をあがる。通路にまで戻された。まだ多くの人でごった返している通路だ。民間委託の警備員もうろうろしている。乱暴は出来ないだろう。

「チケット見せろよ」

「あなたに見せる必要はないでしょう」

突っぱねた。

すると金子はいきなり洋子の背中に手を回す。ぐっと引き寄せられた。胸が合わさった。パナマ帽の庇をひょいと上げ、整っているが鋭い眼光の顔を近づけてきた。

「えっ、なに？」

と言った唇を、ぶちゅっと、塞がれる。そのまま分厚い舌が侵入してきた。

「んんん」

予想外の展開に、さすがに慌てた。誰も止めに入ってこない。傍目には、ちょっとエロいカップルに映っているのに違いない。

最悪なことにこのとき耳殻が震え、小栗の声が飛び込んできた。

「課長、見えませんがどこにいますか？」

防犯カメラの死角にいるらしい。

背中に回された金子の腕に力がこもった。身動きできないほどきつく抱かれる。

「小谷知事の公用車がただいま、来賓用玄関に入ってきました。渡部が傍にいます。石戸副長官が出迎えに立っているので吉丘が張り付いています。渡部の周囲には警備員が数人いますが、ちょっと目つきがおかしいんです」

全部、金子に聞かれたと思う。金子が唇を離したが、その場から動こうとはしなかった。ここが死角だということに気づいているようだ。

「トイレにいると答えろよ。でないと、逆にその吉丘というのをうちの警備員がはじくぞ」

――ちっ。

洋子は、手首を上げた。

「ごめん、いま、その……個室」

「あっ、すみませんでした。シャーって音、聞こえてませんでしたから。終了したら、折り返してください」

「わかったわ」

洋子は腕を下げた。その手首から、性安課のシンボルでもありタイトロープでもあるシークレットウォッチが外される。

「シャー」

と金子が囁いた。

「逃げようと思うな。いいな。もう、うちの特攻隊が囲んでいるんだ」

金子が歌舞伎役者が見えを切るように、目を大きく回す。同じように洋子も左右に瞳を動かした。

じわじわと人垣が狭まってきた。老若男女。五十人ぐらいが抱擁するふたりを囲み始めている。

「集団で移動だ。例の扉へ向かえ」

金子が一番近くに寄ってきた身なりのいい老人に伝えた。

囲まれたまま、通路の隅へと動き出す。

「あんっ」

金子にスカートの中に手を突っ込まれた。股間を親指で押される。

「妙な動きをしたら、ここにいる全員であんたを裸にして、入場行進の中に放り込むぞ」

パンティの股布を脇にずらされる。大事なところを、親指の腹で、無遠慮に弄(いじ)られる。

——まいった。

中央にいる洋子と金子の姿は、俯瞰(ふかん)している防犯カメラ以外はとらえようがない。

その俯瞰カメラにも洋子だとわからないように、隣を歩く女に、野球帽をかぶらされた。金子もパナマ帽を取り、ハンチングに替える。これでは小栗も咄嗟(とっさ)には気づかないだろう。返答がないのを不審に思って、早く映像をリワインドしてくれればいが。

「素晴らしい、エキストラね」

「芸能プロもやっているんでね」

壁際の扉の前に進んだ。警備員がふたり立っている。民間警備会社からの派遣警備員だ。

「山下、俺だ。Bプランで外に出してくれ」

金子が人垣の中から顔をだし、警備員に伝えた。

「はいっ」

警備員が暗証番号を押した。黒い鉄扉の脇で光っていた赤いランプが緑に変わる。

警備員がノブを回して開けてくれた。

「扉の中で待機してください。十秒で、田中と赤西が迎えに来ます」

金子は頷き扉の中に入った。洋子も引っ張りこまれた。

「他のメンバーは予定通り、有名人を食え！」

締まる扉に向かって、金子はそう叫んだ。

「あちこちに手下を配備しているのね」

「警備会社も経営しているんでな」

　さすがは日本一の半グレ集団だ。

「お待たせしました」

　警備服を着たふたりの男がやって来た。手引きされて、一階の関係者通用口から外に出された。たとえ関係者でも、入場するには、いくつものチェックがなされるが、出るのは簡単だった。

4

「警察庁とはな。横浜で、女ふたりに逃げられたと聞いたときに、サツがいよいよ的を絞ってきてるなと、いやな気持ちになったもんだ。いやな勘というのはたいがい当たる」

　北欧の自動車メーカーのＳＵＶの後部座席に放り込まれるなり、警察手帳を奪われていた。

　金子が、スマホでどこかに電話している。

「吉丘っていう刑事、こっちの情報をにぎっているようですよ。それに、あちこちの防犯カメラで捕捉されている」

渡部に報告したらしい。万事休すだが、いまは、手も足も出ない。

車は、新国立競技場から、青山通りに向かって走行していた。

前の席にはドライバーしかいない。

助手席の背に液晶モニターがはめ込まれている。新国立競技場の外観を映し出していた。勝手にアングルが切り替わる。正面玄関の入場者の流れや来賓の入る特別入場口の様子も映されている。

「AV制作会社なんてさ、十社ぐらい持っているからよ、機材は山ほどあるわけよ。まさか風景撮影にカメラを使うとは思ってもいなかったけどな」

金子が言いながら、麻の上着を脱いで、ワイシャツのボタンも外し始めた。外したボタンの下から、幾何学模様のタットゥが覗いている。

「いろいろな女を抱いてきた。正直、女性警官もあんたが初めてというわけじゃない。交通課や地域課のおねぇちゃんの中には、ホストに入れこんじゃうやつもいるし、俺ら半グレのファンっている子もいるんだ。そういう子たちが、全部情報をくれる」

金子が笑顔を浮かべる。

半グレ集団というのは本当にわかりづらい連中だ。極道のように「本職です」という顔をしていない。

　正業を持っているのも普通だ。それも極道のようなわかりやすいフロント企業とは異なる。

　飲食、金融、建設、風俗は当たり前で、警備員、美容師、歯科医、旅行ガイド、など多岐にわたる。普通の大手企業に勤務している半グレもいるぐらいだ。

　したがって、どこで餌食にされるかわからない。

　罠にはまった女性警官を責めきれない。

　いきなり頬を張られた。手加減なしの往復ビンタだった。

「キャリアの刑事さん。今日から人生変わるよ。まずは俺の女になってもらって、それからアラブだ。語学が達者な日本人は高く売れる」

「他の国に行きたい。モナコとか……」

「生意気なこと言ってんじゃねぇよ」

　真っ裸になった金子に、今度は腹部に拳を撃ち込まれた。

「ぐふっ」

　食道を胃液が逆流してくる。口までは上がってこなかった。

「上着とか、シャツとか自分で脱げ。俺に手をかけさせるな」

金子はそういうと、傍らにあった黒のダレスバッグから拳銃を取り出した。トカレフTT33。旧ソ連の名銃で、ソ連崩壊後、世界中の犯罪組織に大量に横流しされたことでも知られている。

日本でもかつては『ヤクザといえばトカレフ』というほどの極道のイメージが強い銃だった。

八連発。しかし古い。

「お願い、脱ぐから、その銃、向けないで。古すぎて暴発率が高いのよ」

上着を脱ぎ、ワイシャツのボタンを外しながら、そう言ってやる。

「手入れはよくしてある。先週も試射しているからな」

金子は銃口を下げなかった。全身幾何学模様の男に、銃口を向けられながら、服を脱ぐのはさすがにいい気分ではない。

黒のブラジャーとパンティだけになった。

「さすがに、ここから先は、自分でとる気になれないんだけど」

一秒でも余計に時間を稼ぎたい。金子のどこかに隙が生まれるはずだ。

「そういって、銃を下げさせようとしてもだめだ。パンティから脱げ！」

拳銃を握ったままの右手で、顎を殴られた。

「くっ」

顎骨は砕けなかったが、脳震盪（のうしんとう）を起こした。目の前がくらくらとなる。泣きたい気持ちを押さえて、パンティを下ろした。ブラジャーをつけたままパンティがなくなるのは、とてもカッコ悪い気がする。

「よし、そっちの扉に背をつけて、股を開けよ」

右手に拳銃、左手に男根を握った金子が、そう命じてきた。

「くっ」

歯を食いしばりながら、洋子は股を広げた。太腿が離れるのと当時に、真ん中の女の唇も半開きになったような気がする。見ているわけじゃないからわからない。

「ふん、おまんちょはどれも同じだな」

金子が秘裂に亀頭をあてがってきた。銃口よりもはるかに重そうな鎌首だった。それにしてもどれも同じとは失礼だ。指紋とおなじように「まん紋」も人それぞれ違うはずだ。

たぶん、まったく同じ大きさと形状の花びらは存在しない。色もだ。

「んんんっ」

肉層に、金子の極太の男根が埋め込まれてきた。女の肉路がむりやり拡張される。

脳は拒否しているが、致し方ない。

「あっ、んわっ、うぅう」

癪に障るが、喘ぎ声を漏らしてしまう。

「刑事さん、締まるな。いいよ、あんたのまんちょ」

金子が、右ひじで額の汗を拭い、トカレフを床に放り投げた。挿入してしまえば勝ちだと思っている。

「おぉ、いいな、もっと締めろ」

後部席で正常位で本格的なピストンを開始された。ずちゃ、ずちゃ、と出没を繰り返される。膣壺の中が、どんどん蜜で満たされていく。ちょっと気持ちいい。

——よがっている場合ではない。

洋子は気持ちと肉路を引き締めた。特に股間はぎゅっと締める。

「おぉおお、いいぞ。お前の中に、俺の銃弾をぶちまけてやる」

金子の表情が、切羽詰まったものになった。射精直前らしい。

——いまだ。

洋子は興奮したように腕を伸ばし、ＳＵＶの後部扉のノブに指をかけた。同時に膝を縮める。正上位のまま足裏を、金子の腰骨のあたりに当てる。

「あん、いいっ、私も感じてきた」

　嘘をつく。

「おぉ、昇けよ、昇っちゃえよ」

　金子はフルピッチで尻を振り始めた。目が呆けていた。

　射精する瞬間なのは間違いない。

　金子の背中に表参道ヒルズが見えた。

　ということは自分の頭の後は、もうじきキディランドあたりか？

　オリンピックの開会式当日とあって、通りは空いているようだ。

　洋子は、ドアノブを引きロックを開けた。ひょいと扉を押す。走行中の車の扉が鮮やかに開いた。

「おいっ、ばかっ、やっているのが外から丸見えじゃねぇか」

　あわてた金子が腕を伸ばし、扉を閉めようとした。

　狙っていたのはこの瞬間だった。

「あんたが昇っちゃいなよ」

　縮めた足を金子の腰骨から腹に移し、思い切り膝から下を伸ばした。金子の身体がふわりと浮く。金子の目が最大限に見開かれている。

「くらえっ」

巴投(ともえな)げを打った。ずるっと肉茎が膣孔から抜けた。

「うわぁあああああああああ」

金子が射精しながら、真夏の表参道に飛んでいく。幾何学模様が夜空に映えて見える。

洋子はすぐに拳銃を拾った。運転している男の後頭部に銃口を押し付ける。

「新国立競技場に戻って」

「は、はいっ、撃たないでください」

ルームミラー越しに見える眼が恐怖に打ち震えていた。

「私の裸を覗かないで！」

ルーフに銃口を向けて、トリガーを引いた。オレンジ色の銃口炎が閃(ひらめ)き、弾丸が飛び出していく。見事に空洞が空いた。

「ひぇええええっ。急ぎますから。撃たないでください」

ドライバーは泣きながら。アクセルを踏んでいた。

パンティを穿きながら、助手席の背中にはめ込まれた液晶画面に目をやった。

「あれ？」

新国立競技場とは違う場所を映している。聖火台がある。その向こう側に大きな観覧車が見えた。

「ねぇ、この聖火台は何よ？」

ドライバーに聞いた。ドライバーはギクッと肩を震わせた。

「台場の夢の大橋です。そっちにも聖火台があるじゃないですか」

「こっちが本命ってこと？」

「なんのことですか」

このドライバーはたぶん、何も知らない。

「夢の大橋に行って」

洋子はシャツのボタンもほどほどにトカレフを握りながら、後部席から助手席へと乗り移り、ドライバーのスマホを奪い取った。

煙幕にやられていた。

札幌や新国立競技場という餌に、食いつかされていたのだ。すべては囮（おとり）。

彼らは最初から夢の大橋に目をつけていたんだ。

「小谷先生、札幌のスターターの大役、引き受けていただいて、本当にありがとうございます」

石戸ゆり子が深々と頭をさげている。

ふたりは、並んで特別貴賓席に着席した。

北大路総理と森本元文科相がＩＯＣ会長を挟んで座っていた。

吉丘里奈は、名目上の担当である石戸ゆり子が着席すると、バックヤードに戻った。様々なスタッフが走り回っていた。

5

セレモニーが始まるまで、あと三十分だった。入場行進するための選手たちがアリーナのゲート付近に集合していた。

うろうろしながら最終聖火ランナーの控室に向かった。ＳＰのバッジをつけているので、全エリアに足を踏み入れることが出来た。

「おいっ」

通路の奥まった位置で、紺色のオフィシャルのＴシャツを着たスタッフのひとりに肩を摑まれた。

「えっ、私、ＳＰですけれど」

「そのＳＰさんに用があるんだ。ちょっと来いよ」

強引に腕を摑まれ、逆方向に歩かされる。

医務室という部屋に通された。

白衣を着た医師が背中を向けていた。注射針を持っている。

「あの、私、警備中なんですけど、なにか？」

医師が振り向いた。

「あっ」

小さな叫び声を上げた。渡部淳史だった。

背後から大きな手が伸びてくる。

「あんた娼婦希望じゃなかったのかね」

「いやっ」

もがきながら振り向くとセルゲイだった。

「何をするのよ！」

肘撃ちを食らわせた。

ずぼっとセルゲイの腹に肘頭が沈む。

「ぐえっ」

セルゲイの腕が離れた。SPは様々な武闘訓練を受けている。舐めないで欲しい。

扉が開いて、看護師の恰好をした背の高い女が入ってきた。

「ナナオ、ちょっとこの患者を押さえてくれ。喧嘩は強いから、眠らせてしまいたい」

渡部が言った。

「渡部さん、あなた何を企んでいるんですか？」

里奈はバックステップを踏みながら、老秘書に問うた。

「日本はな、どのみちあと二十年ほどで移民だらけの国になる。なら早めに新たな枠組みを作った組織が勝つ」

「それが『ソビエト国』や『城東連合』と組んで混乱させるっていうことですか？」

よくはわからないが聞いてみた。

SP時代に何度か経験してきたが、政治犯ほど犯行の前に自分の正当性を喋りたがるものだ。

時間稼ぎだ。早く誰か助けに来て欲しい。

「アメリカと中国はすでに、手を組んでいる奴らが多い。プーチンのロシア利権も特定政治家で固まってしまっている。香港の新しい波では、食える利権が限られているじゃないか。そしたら大国で、政権が替わる可能性のあるのはロシアだけだ。中国はまだまだ、民主化が進まないからな。習近平が失脚しても中国の利権構造は変わらない。だがロシアはプーチンが倒れたら利権構造は大きく変動する。だから、そっちに賭けたのさ」

「それ二十五歳の私からしても、すごく幼稚な理屈だと思うんですけど」

ちょっと挑発してやる。

——調子に乗って、もっと喋れ。

内心ではそう叫んでいた。

「なにを言う。私は、この数十年の間に、担当した与野党の政治家たちに、政策アドバイスしてきたんだ。とくに少子化問題には早めに取り組むように伝えていた。保育園や幼稚園に園児が足りなくなり出した時に、すぐに手を打つべきだとね。このままだと、いずれ学校がダメになり、その先では働き手がなくなると」

「それは、いまが証明していますね。ようやく気付いて、働き方改革とか始まっているじゃないですか？」

「遅いんだよ。いまからじゃ、人口が持ち直すのは五十年先になる。それに今の政治家だって人口問題には、真剣じゃない。子育て世代よりも、高齢者に目配りしている。単純だよ。老人は選挙にくるんだ。暇だから政治に関心を持つ。だが、若者は選挙には来ない。政治家は中学生や高校生にも実はたいして関心がない。直近の自分の選挙にしか関心ないからだ」

「まぁ、そうでしょうけどね。だからと言って、聖火を爆発させても、誰の支持も得られないわよ。炎上ビジネスと一緒。まぁ、本当の炎上だけど」

政治家の怠慢には同感だが、だからと言って犯罪を肯定出来ない。

――私は刑事だ。

「ボス、乗せられたらいけませんよ。こいつ時間稼ぎしているだけですから」

ナナオがいきなりキックしてきた。

えっ、と驚いた。

足の回転が速い。これは格闘の訓練を受けた動きだ。

瞬き(まばた)する間に脹脛(ふくらはぎ)を削られていた。その場に横転した。

「うっ」

ナナオがさらに踵落とし(かかと)を見舞ってきた。ナース用の白衣の下はノーパンだった。女同士では見たくもないものを目撃して怯(ひる)んだ。

ぐちゃぐちゃすぎる。

「うっ」

回転して顔面に食らうのは外したが、肩に食らった。激痛が走る。完全に頭にきた。起き上がりながら、頭頂部をナナオの顎にぶち込む。

自分の頭もくらくらとなったが、確かな手ごたえを感じた。

「んんがぁ」

ナナオが白目になり、口の端から涎(よだれ)をたらして、その場にしゃがみこんだ。顎の骨が砕けたようだ。

「くそぉ」

背後から渡部が注射針を打ち込んできた。スーツジャケットを通して、上腕に挿し込まれる。

「うっ」

冷たい液体が皮下に拡(ひろ)がった。

「なにするのよ」

身体を捻って、六十歳の渡部に足払いをかけた。

「うわっ」

渡部が飛ぶ。注射針が抜けた。まだ完全にポンプは降りていなかった。

里奈は注射器を拾い、しゃがみこんでいるナナオに残りの液体をすべて打ち込んだ。

「あぁ」

ナナオがぐらりと揺れて、その場に転がった。すぐに鼾が上がる。

だが、直後、自分自身の視界もぐらりと揺れた。微量だが麻酔を打たれたようだ。

一瞬にして瞼が重くなる。

里奈は頭を振って耐えた。

そこに渡部とセルゲイの手が伸びてくる。

あっけなく倒される。意識までは失わないが身体が重くて動けない。

「セルゲイ、やってしまえ。パンツを脱がせて、挿入するんだ。昇天したら女はしばらく動けなくなる」

セルゲイの太い腕が伸びてきてスカートが捲られる。生足だった。白いパンティをずるずる引き下ろされるのは、朦朧としていてもわかった。

──処女なんだからっ。

と叫びたくなったが、相手を勢いづかせるだけだと思い、堪えた。

これちょっと「業務挿入」とは違う気がしたが、もはや抵抗のしようがない。

パンティを脱がされ両脚を大きく広げられた。

「いやっ」

セルゲイのハムのような陰茎が挿し込まれてきた。

「むりむりむりよ」

初体験でこのサイズはないと思う。

「痛いっ」

無理やり開かされた秘孔の入口から、とんでもなく太いものが潜り込んできた。

「うわわわっ」

まるで拳骨を突っ込まれる思いだ。

「狭いな」

セルゲイがぽつりと言った。

「ドカンと突っ込んじまえよ。お前の棹で悦ばなかった女はいないだろう」

「そうだぜ」

セルゲイが象のような尻を振った。

ビリっと裂けるような音がした。

——ぱっつんじゃないの？

そんなことを考える余裕は一秒で消えた。

「いやぁああああああああああっ」

身体を真っ二つに引き裂かれるような激痛が走った。そのおかげで、頭が覚醒した。まだ神経のどこかが眠らされているはずなのに、痛みがそれを超えた。

「うわぁあああああああああああああああ」

叫び、両脚をセルゲイの胴に巻き付ける。痛みに耐えかね、膣路も脚も思い切り締め付けた。

「うぅうう、きつくて動かせねぇ」

セルゲイが苦しそうな声を上げた。アリーナの方から花火が打ちあがるような音が聞こえてきた。セレモニーが開始されたようだ。

「ばか、ピストンだ。早くその女を昇天させちまえ」

渡部の声がしたが、その渡部も転倒の際に足を捻挫したのか、その場から動けずにいる。

「ちっ、むりくり動かしてやるぜ」

セルゲイは、一気に押し込んできた。たまらない痛みだった。ごく自然に涙がこぼれてくる。

「いやぁあああああっ。あんたなんか絞め殺してやる！」

処女の怒りだ。

里奈は渾身（こんしん）の力を振り絞り、膣と絡めた両脚を締めた。さらに両手をセルゲイの首に巻き付ける。

「ぅうう。やめろ。窒息する」

セルゲイが呻く。

呻きながら、苦し気に陰茎を摩擦した。

「痛〜いぃいいいいいい」

全身が強張（こわば）った。里奈は腕と脚にさらに力をこめた。日頃は出ない力がでる。挿入されているせいだ。

「ぅうううう、はぅ」

セルゲイの顔が真っ赤に膨張した。目を大きく見開き、鼻から二筋の血が流れ落ちてくる。

「はうっ」

と最後にトドのように呻き、里奈の上に落ちた。

「重い」

身体を起こそうとしたが、股が繋がったままだった。抜こうとしたら、電撃的な痛みが走る。

いやになる。

「もううう」

呻きながらセルゲイの身体を押しのけ、股を引き抜いた。スポンと抜けた。身体からすべての力が抜けていく。

扉が開いた。

「里奈ちゃん、ヘリに乗ってって。わっ」

石黒里美だった。

「あのここにいる三人、全員、暴行で逮捕してください」

「了解」

里美が手錠を取り出しながら、シークレットウォッチで、亜矢、唯子に伝言している。

「里奈ははやく、駐車場へ行って。真木課長がヘリを用意している。台場でジャンプしてって」

パンティを穿き直している暇もなさそうだった。

里奈はスカートの裾だけを直して、飛び出した。

6

おおとり四号にまた乗るとは思わなかった。

松重が一緒だった。里奈だけ救命胴衣を着せられていた。

「あの、私は、台場に何をしに？」

まだ股間に異物が入っている感じがして、ちょっと蟹股のまま座っていた。松重がぎょろめでその股間をじっと見ながら言った。

「運河にダイブだ」

「はい？」

聞き直した。

「お前にしかできない任務だ」

「高度何メートからですか？」

「そんなこと知らん」

と松重。

「今日は風がないんで、二十メートルまで下がれますよ。もっと下がれるんですけど、そうすると波がたちすぎてしまうんで」

パイロットが答える。前回、札幌まで運んでくれた人と同じだった。

「いやいや、競技の飛び込みって十メートルですから」

里奈は、顔の前で、ひらひらと手を振った。

「これ競技じゃなくて、任務だから」

松重が低い声で言い。背広のポケットから、金色のお守り袋を出して寄越す。

『交通安全祈願』

と書かれている。

「新宿の花園（はなぞの）神社のやつだ。白バイの連中が愛用しているそうだ。首から下げておけよ」

口調が物寂しい。今生のお別れのように響く。

「これ、本当にご利益あるんですよねっ」

「ゴールドなんだから、ありだろう」

伏目がちで言っている。

──ちゃんと私の目を見て言えっ。

里奈はゴールドのお守りを首に巻き、背筋を伸ばした。

「見えてきました。聖火は燃えていますね。あっ、あのボートでしょう。夢の大橋に接近しています」

ヘリが急降下した。暗い川面に白の手漕ぎボートが確認できた。手漕ぎなので音もなく進んでいる。

眼下に、台場の人工的な灯りがぐんぐん迫ってきた。

台場と有明を繋ぐ遊歩道、夢の大橋の中央に、新国立競技場と同じサイズの聖火台が設置されていた。赤々と炎を上げている。

「この大会から環境にやさしい水素が使われているそうだ。だがあの中に手榴弾を投げ込まれたら橋がぶっ飛ぶぞ」

「誰がそんなことをやるんですか?」

「知らないよ。俺だって、三十分前に聞いたんだ」

性活安全課はとにかく行き当たりばったりの対応をする部署だ。だが、捜査は理詰めと準備が最優先とは限らない。

——反射神経だけでその場を乗り切る。

そんな部門があってもいい。

「降下ポイントです」

パイロットが言ってスライドドアを開けた。

東京湾を埋め立てた入り組んだ一帯が目に入った。

「ポイント、狭くないですか。それとこの胴衣、ホントに浮きますよね」

台場と有明の隙間なんてほんのわずかだ。空から見下ろす限り、辛うじて運河が入り込んでいるという感じで、外すとコンクリートにぶち当たる。

「ふつう浮くでしょう。ただし着水と同時に左右の紐(ひも)を引っ張らないとだめですよ」

そんなことはわかっている。

だけど私はすぐに浮き輪は使わない。

「あのボートをひっくり返せ。それだけでいい」

松重が言った。

「わかりました」

覚悟を決めて、開いた扉の前に進み、夜空に尻を向けた。

今夜はバックで飛ぶ。

心の中でカウントした。３・２……

——ＧＯ！

両手を広げて飛んだ。背泳ぎのような格好で空中に落下する。ヘリの扉から松重が覗いていた。さかんに両手を狭める仕草を繰り返していた。

「あっ」

ノーパンのまま股を広げて落下していた。

しかも股が上を向いている。アソコが松重に丸見え状態だ。

「ん、もう」

里奈は身体を空中で後転させた。猫が落下するときのようにくるりと半転し、今度はムササビのような格好で舞い降りる。

「ううううううう」

唸った。風圧に顔が歪んだ。

どんどん、水面が迫ってくる。ボート上で、迷彩服を着た女と男が、手榴弾を投擲していた。

だが橋まではまだ距離があり、届いていない。数メートル先の水面に落ちて、小爆発を起こしているだけだ。

ヘリが上空を旋回しているので、焦って早めに投擲を開始したらしい。

ぐんぐん水面が接近してくる。台場のネオンがゆらゆらと揺れている。間合いを確認した。このままだと、ボートから二メートルの位置に着水する。ぴったりだ。

着水まであと五メートル。そのときはじめて男女の顔が確認できた。

道畑カレンと都庁職員の三田祐輔だった。

ばしゃっ。

運河に顔から当たった。そのまま潜水する。現スポーツ庁長官の得意だった潜水泳法だ。

暗いがボートの白い舟底が確認できた。息を止めたまま、バタ足で、接近する。

ぬっと浮上する。両手を伸ばして船縁(ふなべり)を摑む。そのまま、揺さぶった。

「わっ」

「いやっ」

男女が慌てている。

一気に引っぱった。転覆する。

カレンと三田が水に落ちた。バシャバシャと手を動かしている。

里奈は救命胴衣の紐を引いた。さっと膨らみ体が浮く。ノーパンだったことを思い出す。ヤバイ。せめて背泳ぎで行こう。

岸に向かってすいすいと進んだ。上空のヘリが都心へ戻っていく。

「こっちよ」

橋のたもとの岸で、真木課長が、バスタオルを抱えて待っていた。水から上がってそのタオルの中に倒れ込んだ。

「ミッション完了」

耳許(みみもと)で課長の声を聞いたまま、里奈は久方ぶりに深い眠りについた。

＊

翌日。

次の移動先は「那覇(なは)」と、警察庁次長に出世した久保田(くぼた)から告げられる。

なんくるないさー。

真木洋子は明るく答えた。

本書は書き下ろしです。

本作品はフィクションであり、実在の個人・団体とはいっさい関係ありません（編集部）

実業之日本社文庫　好評既刊

沢里裕二
処女刑事　歌舞伎町淫脈
純情美人刑事が歌舞伎町の巨悪に挑む。カラダを張った囮捜査で大ピンチ!! 団鬼六賞作家が描くハードボイルド・エロスの決定版。
さ3 1

沢里裕二
処女刑事　六本木vs歌舞伎町
現場で快感!? 危険な媚薬を捜査すると、半グレ集団、芸能事務所、大手企業へと事件がつながり、大抗争に！ 大人気警察官能小説第2弾！
さ3 2

沢里裕二
処女刑事　大阪バイブレーション
急増する外国人売春婦と、謎のペンライト。純情ミニパトガールが事件に巻き込まれる。性活安全課は真実を探り、巨悪に挑む。警察官能小説の大本命！
さ3 3

沢里裕二
処女刑事　横浜セクシーゾーン
カジノ法案成立により、利権の奪い合いが激しい横浜。性活安全課の真木洋子らは集団売春が行われるという花火大会へ。シリーズ最高のスリルと興奮！
さ3 4

沢里裕二
極道（クロ）刑事　新宿アンダーワールド
新宿歌舞伎町のホストクラブから女がさらわれた。拉致したのは横浜舞闘会の総長・黒井健人と若頭。しかし、ふたりの本当の目的は…。渾身の超絶警察小説。
さ3 5

沢里裕二
処女刑事　札幌ピンクアウト
カメラマン指原茉莉が攫われた。芸能プロ、婚活会社、半グレ集団、ラーメン屋の白人店員……事件はつながっていく。ダントツ人気の警察官能小説、札幌上陸！
さ3 6

実業之日本社文庫　好評既刊

安達瑶
悪徳探偵(ブラック)　お泊りしたいの
民泊、寝台列車、豪華客船……ヤクザ社長×悩殺美女が旅行業に乗り出した！　旅先の美女の誘惑に抗えない飯倉だが――絶好調悪徳探偵シリーズ第4弾！
あ84

安達瑶
悪徳探偵(ブラック)　ドッキリしたいの
ブラックフィールド探偵事務所が芸能界に進出！　人気上昇中の所属アイドルに魔の手が……!?　エロスとユーモア満点の絶好調のシリーズ第五弾！
あ85

草凪優
堕落男(だらくもの)
不幸のどん底で男は、惚れた女たちに会いに行く――。堕落男が追い求める本物の恋。超人気官能作家が描くセンチメンタル・エロス！（解説・池上冬樹）
く61

草凪優
悪い女
「セックスは最高だが、性格は最低」。不倫、略奪愛、修羅場を愛する女は、やがてトラブルに巻き込まれて――。究極の愛、セックスとは!?（解説・池上冬樹）
く62

草凪優
愚妻
専業主夫とデザイン会社社長の妻。幸せな新婚生活のはずが…。浮気現場の目撃、復讐、壮絶な過去、ひりひりする修羅場の連続。迎える衝撃の結末とは!?
く63

草凪優
欲望狂い咲きストリート
寂れたシャッター商店街が、やくざのたくらみによりピンサロ通りに変わった…。欲と色におぼれる不器用な男と女。センチメンタル人情官能！　著者新境地!!
く64

実業之日本社文庫　好評既刊

実業之日本社文庫　好評既刊

葉月奏太
しっぽり商店街
目覚めると病院のベッドにいた。記憶の一部を失っていた。小料理屋の女将、八百屋の奥さんなど、美女と会うたび、記憶が甦り…ほっこり系官能の新境地！

は65

葉月奏太
未亡人酒場
妻と別れ、仕事にも精彩を欠く志郎は、小さなバーで未亡人だという女性と出会う。しかし、彼女には危険な男の影が…。心と体を温かくするほっこり官能！

は66

葉月奏太
いけない人妻　復讐代行屋・矢島香澄
色っぽい人妻から、復讐代行の依頼が舞い込んだ。彼女は半グレ集団により、特殊詐欺の手伝いをさせられていたのだ。著者渾身のセクシー×サスペンス！

は67

葉月奏太
人妻合宿免許
独身中年・吉岡大吉は、配属変更で運転免許が必要になり合宿免許へ。色白の未亡人、セクシー美人教官、黒髪の人妻と…。心温まるほっこり官能！

は68

花房観音
寂花（じゃっか）の雫（しずく）
京都・大原の里で亡き夫を想い続ける宿の女将と謎の男の恋模様を抒情豊かに描く、話題の団鬼六賞作家の初文庫書き下ろし性愛小説！（解説・桜木紫乃）
は21

花房観音
萌えいづる
『女の庭』をはじめ、話題作を発表し続けている団鬼六賞作家が、平家物語をモチーフに、京都に生きる女たちの性愛をしっとりと描く、傑作官能小説！

は22

実業之日本社文庫　好評既刊

花房観音
半乳捕物帖
茶屋の看板娘のお七は、夜になると襟元から豊かな胸をのぞかせ十手を握る。色坊主を追って、江戸城大奥に潜入するが――やみつきになる艶笑時代小説！
は２３

花房観音
紫の女（ひと）
「源氏物語」をモチーフに描く、禁断の三角関係。若い部下に妻を寝取られた夫の驚愕の提案とは（「若菜」）。粒ぞろいの七編を収録。（解説・大塚ひかり）
は２４

花房観音
好色入道
京都の「闇」を探ろうと、元女子アナウンサーが怪僧・秀建に接近するが、秘密の館で身も心も裸にされてしまい――。痛快エンタメ長編！（解説・中村淳彦）
は２５

深町秋生
死は望むところ
神奈川県の山中で女刑事らが殲滅された。急襲したのは、武装犯罪組織・栄グループ。警視庁特捜隊は仲間を殺戮され、復讐を期す。血まみれの暗黒警察小説！
ふ５１

睦月影郎
淫ら上司　スポーツクラブは汗まみれ
超官能シリーズ第１弾！　断トツ人気作家が描く爽快エロス。スポーツジムの更衣室やプールで、上司や人妻など美女たちと……。
む２１

睦月影郎
姫の秘めごと
山で孤独に暮らす十郎。彼のもとへ天から姫君が降ってきた！　やがて十郎は姫や周辺の美女たちと……。名匠が情感たっぷりに描く時代官能の傑作！
む２２

実業之日本社文庫 さ310

処女刑事(しょじょでか)　性活安全課(せいかつあんぜんか) vs 世界犯罪連合(せかいはんざいれんごう)

2020年2月15日　初版第1刷発行

著　者　沢里裕二(さわさとゆうじ)

発行者　岩野裕一
発行所　株式会社実業之日本社
〒107-0062　東京都港区南青山5-4-30
CoSTUME NATIONAL Aoyama Complex 2F
電話［編集］03(6809)0473［販売］03(6809)0495
ホームページ https://www.j-n.co.jp/
ＤＴＰ　ラッシュ
印刷所　大日本印刷株式会社
製本所　大日本印刷株式会社

フォーマットデザイン　鈴木正道（Suzuki Design）

ISBN978-4-408-55563-8（第二文芸）